KB055982

중동 건설

김해선
2015년 『실천문학』을 통해 시인으로 등단했다.
시집 『중동 건설』을 썼다.

파란시선 0076 중동 건설

1판 1쇄 펴낸날 2021년 1월 10일
지은이 김해선
디자인 최선영
인쇄인 (주)두경 정지오
펴낸이 채상우
펴낸곳 (주)함께하는출판그룹파란
등록번호 제2015-000068호
등록일자 2015년 9월 15일
주소 (10387) 경기도 고양시 일산서구 중앙로 1455 대우시티프라자 B1 202호
전화 031-919-4288
팩스 031-919-4287
모바일팩스 0504-441-3439
이메일 bookparan2015@hanmail.net

ⓒ김해선, 2021, printed in Seoul, Korea

ISBN 979-11-87756-89-7 03810

값 10,000원

중동 건설

김해선 시집

시인의 말

나는 나에게 다가온다 껍질을 두껍게 껴입고 발가벗겨진 나에게 다
가온다 분열되는 나는 매일 중단되는 나와 상관없이 나를 녹음한다
나에게서 생성되는 나는 귓속으로 파고드는 나를 저장하지 않는다
녹아 버린 나 썩지 않는 나에게 몰려오는 나는 침몰하는 나에게 다
가온다 끝을 깎으며 열심히 쌓이는 나에게 불을 붙이며 건널목 흰
줄을 밟고 서 있는 나에게 온다 한 뼘씩 줄어드는 나는 뛰어가는 나
에게 쏟아진다 나는 나를 연결하지 않는다 손을 드는 나와 손을 들
지 못하는 나는 멈추지 않는 나에게 오지 않는다 멸종하는 나는 한
방울씩 떨어지는 나에게 온다 나는 나와 나 사이로 흘러내린다 지겹
게 먹어도 멈추지 않는다

나는 나를 실천하지 않는다

차례

시인의 말

제1부

너의 할머니 할아버지의 어머니 아버지가 살고
있는 이백 년 전 마을

　　모퉁이를 돌아가면
　　나타나는 테이블
　　닦지 않을 거야

　　안녕
　　안녕을 퍼부으며

　　여름이 끝나 가는 시간 흙먼지 나는 길을 걸었어 염소
가 오래도록 되새김질하고 있었어 참새와 개와 함께 가는
길 작은 손을 흔들며 소리를 잃은 말들이 돌아다녔어 모두
눈을 뜨고 어디론가 가고 있었어 서로의 겨드랑이를 찾으
며 길에서 잠자는 나무들 숨소리만 들렸어 부딪혀 떨어지
는 소리들 알 수 없는

　　뿌리를 파면 작은 바다가 숨어 있었어

더블

나는 네 무덤 옆에 앉아서 물을 준다
앞바퀴가 빠져나간 세발자전거에도 새로 산 운동화에도
허공에서 내려오는 살진 거미에게도

물을 붓고 뿌리고
물놀이를 하는 것처럼……

네 안에는 아이가 많았다
털모자를 쓰고 여름 호숫가를 달리며 그림자가 살아난
다고 믿었다
남자이면서 사람이 아니었던 너
왜 이곳의 남자들은 무덤에서 아내를 찾는가, 나직이 말
을 건다

벌어지는 무화과 살보다 더 물컹한 손등 위로
아이 울음소리를
쌓아 올리며

우리의 손은 무덤이라는 구명보트를 붙잡고 있는 것 같
다

보이지 않는 물살을 헤치며 보트에 매달려
날마다 표류하고 있는지도 모른 채

두 손을 던지면 개의 머리가 되어 뛰어간다

두근거리는 심장이 숨는 것처럼
초침 소리가 몰려오는 밤처럼

너와 나 안과 밖이 바뀌었는지도 몰라
서로의 숨을 마시며
사라진 바퀴를 따라
새어 나오는 웃음소리

무심코 뱉은 껌이 머리카락에 붙어 있다

가위로 자른다

●나는 네 무덤 옆에 앉아서 물을 준다: 시리아 난민 압둘라가 아내
와 아이들을 한꺼번에 잃고 고향 시리아 코바니로 돌아가 장례를 치
르고 한 말.

이미테이션 게임

스무 살이 되기 며칠 전 거짓말처럼 나를 낳았다는 남자가 말을 해요 내가 울 때마다 작은 발을 간지럽히면 '사과 견디기 사과 견디기' 이상한 소리를 하며 계속 웃었다고 해요

남자는 어린 나에게 매일 '사과 던지기 게임'을 보여 주고 가르쳤어요 나의 작은 손과 발이 마구마구 사과 던지기 판을 두드렸다고 해요 게임은 무럭무럭 자라나 사과 속에서 싹을 틔우고 기지개를 뻗으며 사과 향기로 누구를 낳을까 망설이다 '사과 견디기' 오타가 났다고 해요

나는 스무 살이 되기 며칠 전 긴 머리카락을 사과처럼 돌돌 말아 사과로 태어난 듯 머리 던지기를 반복했어요 구름 위에 있는 거짓말 단검을 어디에 놔둘까 고민하다 친구들이 지루하다고 모두 가 버렸어요

지루한 시간을 견디지 않아요 나는 지나가요 눈을 감고 있는 눈꺼풀 속에서 작은 심장들이 굴러 나와요 물방울 같아요 서로 부딪쳐요 보이지 않아요 바람이 분다는 말은 거짓말이에요

●이미테이션 게임: 영화 제목.
●단검을 어디에 놔둘까: 파블로 네루다, 『질문의 책』.

흰 유리 조각에 신을 새기고 있는

내 팔목에는 작은 나무가 그려져 있어요 나뭇가지 위에는 올빼미가 눈을 뜨고 앉아 있어요 올빼미는 몸에 새겨진 나뭇가지를 확인하고 문을 열어 줘요 문을 지나야 신에게 갈 수 있어요 나무가 없으면 절벽 밑으로 밀어 버려요 나는 나무에 새겨진 이야기를 믿으며 뿌리마다 짙은 녹색을 새기고 있어요

안에는 날카로운 모서리와 각이 너무 많아요 찢겨지는 입술들

나무도 종말을 믿는다고 해요 수십 개의 목을 흔들며 신의 소리를 흉내 내며 선명해지는 흉터를 돌아요

내게 뻗어 와요 가슴을 지나 목을 움켜쥐고 서서히 내 몸을 빨아들여요 올빼미가 노란 불을 켜고 구석구석 비추고 있어요 나무 뒤에 숨어 있는 것은 비겁해요

지워지길 기다리며 벽이 굴러가요 시간을 놓친 붉은 씨앗들 매 순간 바다가 짙어 가요 며칠째 죽어 있다 일어났어요

신들이 녹아요

가리옷 유다의 변명

그것은 너의 말이다, 마지막 빵 조각을 입에 넣는 나를 보고 느닷없이 고함치는 너, 혀 밑으로 숨긴 말 목젖 아래로 밀어 넣는 나의 배반을 알아차린 너, 신경 쓰지 않는다는 말은 거짓말이다 나는 거짓말 뒤에 숨어 있다 입술 위에 검은 점 하나 붙이고 새 옷으로 바꿔 입는다 오지 않는 너 사라진 너를 찾기 위해 매일 옷깃을 세우고 창문을 닦는다 이것도 거짓말이다 머리는 빗지 않고 창문엔 먼지가 쌓여 있다 나는 너를 태워서 화장시켰다 흰 단지에 담긴 너를 목젖 밑으로 밀어 넣는다 매일 밥을 삼키며 새 옷을 입고 새 옷을 찢어 버리는 시간을 밀어 넣는다 나무들도 창문을 뚫고 들어오고 있다 불빛과 함께 나는 어디든지 갈 수 있다 많은 친구를 사귀고 즐겁게 놀 수 있다

봐, 봐, 나였던 너는 아직 살아 있잖니

내가 누구인지 알지 못한 채 팔목에 그림을 그리는 너 생전에는 무덤을 파는 사람 꿈속에서 팔찌를 주워 담는다 천으로 문지를수록 작은 소리가 난다 새들이 박혀 있는 팔찌를 옮겨 그린다 너의 팔목은 수시로 나타난다 나를 감는다

늪이 버려진다

식탁 위에 가득 쌓인다

나의 신정부 정책

0이라는 숫자가 좋다 어떤 계획도 세우지 않는 나와 닮아 있다 새우가 물속에서 살아가듯이 0 안에서 먹고 자고 0이라는 그네가 흔들거린다 나무 그네를 0이라고 부른다 줄을 달아서 거실 벽에 매달아 둔 나무 그네가 나의 새로운 정부처럼 천천히 움직인다

나는 구호를 쓰지 않는다 이야기도 만들지 않는다 열 평영구 임대 아파트에 들어왔다 스스로 자축하며 친구에게 문자를 한다 답문이 없다 창문을 열면 건너편 아파트 주방이 보인다 작은 창문에 색종이가 붙어 있다

눈에 눈곱이 자주 낀다 가까운 안과를 찾아본다 '살아가는 방법을 새우에게 배운다'는 오늘의 행복 창에 글이 떠 있다 올 상반기는 시험제도를 없애고 내년에는 서서히 학교를 없애야 한다는 기사가 계속 올라온다

사각 플라스틱 상자에서 열무가 5센티쯤 올라와 있다 빈 우유갑에 물을 넣고 흔들어 부어 준다 종이컵에 커피 찌꺼기를 담아 열무 잎에 닿지 않게 살살 뿌려 준다 나의 작은 텃밭에 오후 세 시가 지나간다

행복 창에 강아지가 새끼를 낳으면 분양할지 집에서 키울지 생각이 자주 바뀐다는 글이 다시 올라온다 나는 유리컵에 양파 키우기 일기를 알림란에 쓴다

*물을 자주 주면 썩는다, 어제 문방구에서 산 형광색 펜을 보여 준다

*정오부터 미쳐 버린 아이의 노래를 불러 준다

*창문에 붙어 있던 낙엽이 날아간다 한 번 더 전화를 건다

*갈라파고스는 아니라고 쓴다 r과 a 태아의 발가락이라고 쓴다

구석에 먼지가 쌓여 있다 계단을 오르는 발자국 소리가 멀어진다 양파에게 새 물을 부어 준다 바람이 창을 때린다

새우가 솟구친다

찢어지는 얼굴이다

사실주의 마테차

너의 따뜻한 미소 눈빛이 싫다 너는 나의 발목을 붙잡고 있다 TV를 보고 있는 나에게 따뜻한 차를 주며 환하게 웃는 너는 죽어서도 살아 있는 사람 살아 있을 때는 죽은 듯이 내 뒤를 밟았던 사람

너를 한 번도 본 적이 없는데 무엇이 너와 내가 오래 살았다고 느끼게 하는 걸까 매일 땀 흘려 일한다고 생각하는 너 사거리에서 사고가 나기 전까지 오토바이를 타고 물건을 배달하고 지금도 배달 일을 하고 있다고 믿는 너에게 돌아가라고 여기는 불가능한 땅이라고 어떻게 말을 해야 하는지

내가 푸른 옷을 입고 챙이 큰 모자를 쓰고 있는 이중 스파이 매춘을 부활시킨 가장 오래된 천사이고 네가 여기서 살아가는 사람 같다

어둠 속에서 너는 나에게 실패라고 말한다 무엇이 실패인지 너에게서 벗어날 수 있다면 실패 따위는 아무렇지도 않아 다정한 눈빛과 따뜻한 미소만 보여 주는 네가 지겹다 오늘도 화장실 갈 틈도 없을 만큼 일이 많았다고 너

에게 말하면서 왜 자유민주당 자세로 혁명한다고 할까 나
는 왜 그럴까

　거리마다 연등이 켜 있다 나무와 나무 사이로 전봇대와
문방구 간판 사이로 이어진다 창문에 반사되는 등불과 왼
쪽 눈알이 빠져나간다 텅 빈 구멍에서 박수가 쏟아진다 지
나가는 자전거 바퀴와 유모차가 겹쳐지고 있다 너는 누구
이고 나는 누구인 거니?

검정 폭포

검정은 내 안의 폭포
나뭇잎처럼
수많은 세포들이 흔들린다
나뭇잎 정수리를 열고 쏟아진다
그곳은 또 하나의 세계
자두가 자두를 들고
심장이 자전거를 타고 간다
기억할 수 없는 기억들이 소각장 굴뚝처럼 연기를 내보
낸다
창문을 열고 이불을 털어 내는 일도 새로운 검정이다
오른손과 왼손이 서로를 그려 간다
도마뱀이 꼬리를 물고
책장을 넘긴다
해가 중천에 떠 있다
발가락도 몸도 투명한 벌레가 누런 종이 안에서 기어 다
닌다

알약을 먹기 위해 오후를 삼킨다
염증이 부풀어 오른다
미워하며 망설이는 구름을 뚫고

아이 우는 소리가 멈추지 않는다
열일곱 시간 동안
내 손톱들을 잘라 먹는다

화농이 단단해진다
유리컵이 손에서 빠져나간다
깨진 조각들이 반짝인다

우울한 해부

　　오른쪽 어깨의 뿌리는 뒷목 아래에 있다 날갯죽지를 감싸고 있다 작은 실뿌리도 옆구리를 돌아 비장 근처로 뻗어 간다 오른쪽 어깨에 통증이 생겼다 겨울을 보내고 봄이 왔다 날갯죽지 깊숙한 곳에서 곪고 있는 뿌리가 왼쪽의 고독과 마주쳤다 그것은 찢어진 매혹 미끄러지는 빗길 땅을 딛고 있으면서도 땅으로 내려올 수 없는 비닐 조각 날마다 새로운 말을 만들어 낸다 구멍 난 스웨터의 실처럼 올을 잡아당기면 풀려나가듯이 새로운 말이 사라진다 팔목도 심장도 풀려나온다 중얼거리며 쏟아진다 숨어 있는 날개의 뿌리를 찾아 바닥을 뚫고 간다 깨어나지 못한 시간이다 바다와 사막이 만나는 입천장과 혀 사이 여름과 겨울이 멈추지 않는다

　　폐가 보이지 않는다

●우울한 해부: 존 버거, 『백내장』.
●찢어진 매혹: 파스칼 끼냐르, 『은밀한 생』.

26

토마토 레시피

한 조각 살덩어리가 벽에 걸려 있다

독창적인 살덩어리
꿈과 현실을 덮고
태워도 냄새가 없는 길 마지막 모퉁이에 바다가 서 있다
사라진 말들이 모두 바다를 보고 있다 물결 위에 날개가 비
친다 거친 숨과 잠자는 숨이 섞여
날개 안에 벼랑이 살고 있다 두꺼운 옷을 입고
말들이 뛰어다닌다
눈동자가 없다
돌고 돌 뿐 중심이 보이지 않는 희미한 비명이 일어난다
꿈을 꾸고 깨어나고
핏물이 빠지고 있다

건너편 흰색 자동차가 깜빡이를 켜고 킥킥거린다
백미러에 영혼들이 들러붙고 있다

구슬을 달고 있는 고등어

잎이 돋는다
뼈가 녹는 자리에서
이야기가 그치자
사라진 물고기가 날아온다
까맣게 탄 뼈를 보여 준다

가장 가벼운 것은 무엇일까
오토바이가 지나간다 목젖에 쌓여 있는
물고기가 스쳐 갔다고 한다
유리알은 싱싱하다
어디에 붙여도 물소리가 들린다
절벽이 물컹해진다
어둠이 반짝인다
딸기 케이크를 들고 열렬하게 고백해도
유리알 속에서 이파리가 자라고 있다고 믿는다
매트리스 위로
새벽빛이 칸칸이 오른다
밑으로 내려가는 칸 녹아 버리는 칸 끝이 사라지고 새
로운 끝을 달고 오는
독일식 암호처럼 순간 외친다

누구의 생일일까 먹지 않고 잠자지 않고 4시 55분 56
분 57분 30초 044마이크로초까지 파트너를 바꿀 수 있는

유리알 속에서 노래가 흘러나온다

낭떠러지가 멈추지 않는다

제2부

나의 두 번째 아내

우리는 헤어졌다
너는 벵골만으로 떠났고 나는 땅끝에 남아 있다

나는 알 수 없다 네가 왜 그런 곳으로 갔는지

언제부턴가 나는 벵골만의 지도를 펴놓고 남쪽 끝 수마
트라섬 골목골목을 찾아다닌다
너는 포르투갈 마을 2번가에 살고 있다 우물이 있는 곳
에서 왼쪽으로 몇 발자국 걸어가면
너의 창이 보인다 절반은 흰 레이스로 덮여 있고 절반은
붉은 꽃이 핀 화분이 가리고 있다
네가 무슨 일을 하는지 너의 뒤를 따라간 적이 있다
큰길로 몰려오는 오토바이들 틈에서 너를 놓쳤다

빗방울이 날리고 싹이 트는 날 네가 왔다
키가 작은 너에게 미안한 마음이 들었다
우리는 배추벌레를 잡고 푸른 완두콩을 심었다
천천히 말을 하고 가끔 도시에 나가 쇼핑을 하고 피자
를 먹었다
두 번째 여름이 오기 전까지

사이렌이 멈춘 오후까지

누군가와 오래도록 통화하는 네가 보인다
진도에서 열 시 십오 분 고속버스로 가고 있다고 말하는
너
우리는 휴게소 화장실 앞에서 맞닥뜨렸다
너는 나를 읽지 못한다
작은 키에 짧은 머리 겁먹은 듯한 까맣고 짙은 눈동자
잘못 봤다고 생각했다

버스 안으로 사라지는 너를
사라지지 않는 너를 보고 있다
벵골만은 무엇이고 포르투갈 마을은 무엇이란 말인가
우리가 태어나기 이전의 세계
새벽 창에 스며 있다
멈춰 버린 순간을 이어 가는
너라는 나무는 어디에서 뻗어 오는 것인지
빈 가지들이 뻗어 내 몸에 닿아
뿌리를 내리고
그 뿌리에서 다시 나무가 솟아나고

뿌리가 태어나기를 반복하는
너
군락지를 어디까지 만들어 가는 거니

작은 아이처럼 눈만 내놓고 돌아보는 너

등 뒤에서 누군가 내가 떨어뜨린 자동차 키를 주워 준다
땅끝에서 진도까지는 20분이다

구름 한 점 떨어진다

건너편 옥상에서 빨래가 찢어지고 있다

중동 건설

토마토를 반으로 가른다
긴 통로가 보인다

통로 밖으로 콘크리트 기둥이 서 있다
아이들이 강물을 건너간다
머리에 옷을 이고 간다 통로에서 멀어질수록 까만 씨앗
처럼 떠다닌다
큰비가 오면 돌아오지 못한다

잠에서 깨어날수록 현재도 미래도 아닌 소리들이 모여
든다
바람개비처럼 돌아간다 강바닥 밑에서 물길을 잡아당
기며
누군가 가느다란 줄을 감고 있다
바닥이 갈라진다
아직도 태어나지 못한 아이들
머리카락이 무성하게 자란다

모두 날아다닌다고 말하는
막다른 길들이 꼬리를 흔든다

시간을 막는다
다이빙을 금지해

새로운 피임약을 복용한다
어둠보다 캄캄한 대낮
끝을 향해 더 연습하고 싶어
이틀째 꼭대기에 서 있다

유리 조각에 못을 박고 뽑아낸다
머리카락이 올라온다
알 수 없는
피부에 둘러싸인 강
이마가 뜨겁다

활활, 벽지를 벗긴다

마리 이야기

바닷가재는 백 년을 산다 우리 할머니는 백한 살까지 살았다 증조할머니는 구십구 세 내 동생은 세 살이 못 되어 죽었다

어제는 음식점에 자리가 없다고 해서 남아 있는 옆자리를 붙여 열 개의 자리를 만들어 달라고 했다 갑자기 날씨가 추워졌다고 내 둘째 동생만 나왔다

나도 동생처럼 일찍 죽을 거 같아서 어린 무당과 함께 살았다 애기 무당의 숨과 나의 숨이 실처럼 이어져 내가 오래 살 수 있을 것이라는 할머니의 신념이었다 유치원에 다니기 전 어느 날 눈을 떴을 때 나는 붉은 옷과 붉은 가면을 쓰고 있었다 진짜 귀신이 내게 들어온 걸 몰랐을 때다

큰 접시에 놓여 있는 가재 발톱이 붉다 한 살씩 나이를 먹어 갈수록 가재 발톱은 점점 붉어진다 아름다운 다홍색 발톱이어야 가격이 비싸다 가재의 발톱에 가느다란 실이 매여 있다 잡아당기자 계속 풀려나온다 어린 시절 붉은 옷을 입고 어디론가 뛰어가던 나를 매달고 있다 순간 단잠에 빠진다 옆집에서 할머니와 동생이 함께 걸어 나온다 둘 다

어린애의 얼굴이다 돌아보면 백 살이다

　나는 가재 알처럼 작아져서 수많은 나에게 다닥다닥 붙
어 있다 이렇게 하루하루가 지나간다

　나는 내 귀에 구멍을 뚫는다

강박과 분절

초침 소리가 난다 천장과 벽이 만나는 곳이 어둡다 멀리서 물살이 밀려오는 소리 어둠을 지우지 못한다 작은 거울을 본다 끝이라는 생각이 든다 누군가 문을 두드린다 나는 일어나지 않는다

언젠가 먼지떨이 게임을 했다 게임에 진 사람을 가운데 앉혀 놓고 원을 그리며 돌았다 먼지떨이로 등을 털고 목을 털고 가슴을 털었다 머리카락도 손끝 발끝도 털어 냈다 심장이 지워지고 새로운 심장이 들어왔다고 외치며 먼지떨이를 흔들었다

소리는 사라지고 없다 포도 알 새싹, 분절과 파멸 검정 눈이 입안에서 맴돈다

여섯 살 열 살 스무 살 너의 모습이 동시에 보인다 오래전에 죽은 네 머리는 길다 커다란 눈을 뜨고 너도 죽는구나 너도 썩는구나 고양이처럼 눈곱 낀 나를 들여다보고 새처럼 지저귀는 너는 죽을수록 싱싱하다

질투가 난다 변하지 않는 너 때문인지 매일 바꾸는 심장

때문인지 포도 알들이 끓어오른다 피부 아래 세포가 어떤
모양으로 뻗어 가는지 갑자기 궁금해진다

　　천장 무늬는 모자이크다 사각이 만나고 겹치는 점들이
해골같이 보인다

　　끝없다

　　끝없이 뛰어간다 맨발에 묻어 있는 모래알이 뜨겁다 비
바람이 지나간 뒤에도 뜨겁다

제트 분수와 운봉 대파

나는 제네바로 간다
1톤 트럭에 대파를 가득 싣고

어느 날 지도에서 쌀알만 한 제네바 레만 호수를 발견
했다
그곳에서 제트 분수가 솟구치는 것을 TV에서 보았다

파 뿌리를 잘라 빈 컵에 찔러 넣었다
컵 속에서 실뿌리가 물살을 만들고 잎을 밀어 올리는
것을 보며
내 안에 대파를 키웠다

나의 본적은 운남성이었다
아니 필리핀 끝자락 섬이었다
다시 남원시 운봉읍 산 6-1

나는 나에게 외친다
오늘도 대파를 많이 팔아야 해!

이른 새벽 트럭에 시동을 걸고 나뭇가지에 걸려 있는

식지 않는 별
  볼륨을 높인다

  안개가 새어 나온다
  납작한 묘지가 가득 찬 낯선 마을
  푸른 파 위에 흰 꽃이 핀다

  시간을 늦출 수 없을까,
  새벽마다 첫마디가 새어 나온다

  뿌리와 입이 왜 그곳에서 시작하는지
  수많은 물살을 만들고 송곳니가 자라는지

  나는 나의 단골들에게 간다
  운봉로터리를 돌아간다
  덕천식당 운봉식당 운봉요양소

  신호 위반 과태료가 날아왔다

평면의 자전거

평면은 비밀이다 평면은 뜨겁다 오후 세 시 해를 받고 있는 나무와 그네가 평면 위에서 흔들린다 한꺼번에 매미가 운다

운동장에 아이가 서 있다 검정 비닐봉지 속에서 아이스크림이 녹고 있다 아이는 자전거를 기다리고 있다 새로 산 자전거를 키가 큰 형이 한번 타 보겠다고 가져갔다 오지 않는다 까맣게 탄 얼굴과 목으로 땀이 흐른다 아이스크림이 녹아서 뚝뚝 바닥으로 떨어진다 평면의 한가운데서 오래전 아이가 뼈처럼 솟아 있다 대낮 속으로 사라진다

순간 벽을 뚫고 가면 잃어버린 자전거를 찾을 것 같다 평면의 벽은 어디에 있을까 벽은 오후 세 시도 아니고 형도 아니다 운동장 왼쪽에 있는 나무는 사각이다 누군가 긴 각목으로 사각 틀을 만들어 나무 둘레에 세워 두었다 평면과는 관계가 없다 자전거는 나무 속으로 들어가 꿈을 꾸고 있는지도 모른다 보라색 안장 위에 아이스크림을 올려놓고

자전거 페달을 밟는다 제자리인 줄 모르고 돌아간다 아

무런 소리가 들리지 않는다 갑자기 아이와 평면이 무슨
관계니 왜 평면의 자전거야? 큰소리가 들린다 귀를 막아
도 쫓아다닌다 흰 눈이 오면 모두가 평면이 된다고 중얼
거려도 너를 이해할 수 없어 무슨 말인지 못 알아듣겠어,
귓속을 울린다

신경 쓰지 않을 거야 평면이 말한다 모두가 이해하는
말만 할 수 없잖아 어떻게 모두의 입맛에 맞는 말만 해야
해? 언제나 알 수 없다는 말로 납작하게 기죽이는 말 위에
서 아이가 자전거를 기다리고 있는 것을 보고 있어

낯선 새들과 바람이 자전거를 몰고 지나가 버릴 것 같
다 아니야 오지 않는 자전거 페달을 밟고 있어 사라진 아
이 돌아오지 않는 아이에게 보라고 녹아 흐르는 아이스크
림을 들고 있는 작은 손이 밀려오고 있어 맥박이 뛰고 있
잖아 수위 아저씨가 긴 호스를 끌고 학교 운동장과 잔디
밭에 물을 뿌린다

평면은 식지 않는다

바람이 불고 조용하다 나는 무리 지어 다닌다

지난겨울 인도에 갔다
어제도 갔다

라자스탄을 지나 사막으로 갔다 붉은 해가 지고 있었
다 낙타를 타고 갔다 잡풀들이 흔들리는 모래언덕을 지
나 아이들이 오고 있었다 아이들은 학교에 다니지 않았
다 긴 막대기로 양을 몰고 다녔다 희부연 먼지를 일으키
며 집으로 갔다 두꺼운 빵과 작은 컵에 든 우유를 마시며
일찍 잠이 들었다

밤이 깊어지자
천 년이 지난 성에 도착했다 사슴이 있었다
성벽 속에서 아홉 마리 사슴이 뛰어놀고 있었다
스무 번째 생일이 오기 전 사슴으로 변신한 나는 아홉
개의 창이고 아홉 개의 뺨이고 아홉 개의 계절을 보내고
있었다 해변이 나타났다 사라졌다 바람이 자고 있었다 눈
동자가 보이지 않았다 까만빛이 가까이 왔다
그곳의 이름을 알 수 없었다

매일 밤

바다라고 했다

오래된 바다는 작았다 왼손이 오른손을 붙잡고 있었다

어둠이 떠다녔다

새벽이 빨리 오고 있었다

아침노을을 밟고 흰 소가 서 있었다

작은 개가 자고 있었다

나는 돌아다녔다

발자국마다

사라진 창문이 태어나고 있었다

보이지 않는 사슴이 뛰어갔다

뛰어왔다

나의 번영

카센터 앞에서 버스를 타고 연세약국 앞에서 내린다 약국에서 잠 안 오는 약을 산다 약을 먹으면 날개가 나타날 것 같다

고요해진다 약국 앞 가판대에 해가 쏟아진다 나는 녹슨 가판대 위에 신문을 누르고 있는 돌멩이에게 옮겨 간다 그림자들 틈으로 뭉개지는 잠이 보인다 말을 삼켜 버린 날개를 달고 돌멩이 안에서 산다고 한다 돌멩이에게 호숫가로 날아갈 수 있느냐고 묻는다 녹슨 가판대 사이로 보이는 것은 순진한 아침이라고 한다

불에 데인 손등이 따끔거린다 나는 다시 약국으로 간다 잠 안 오는 약을 먹고 호숫가를 걷고 싶은데 상처에 자꾸 눈이 간다 붉어지며 부푼다 점점 가렵다

사방이 호수같이 보인다 약국도 육교 아래 차들도 검푸른 물결처럼 흘러간다 물결 위에 15층 건물 창들이 수많은 얼굴을 비추며 떠다닌다 아이들이 공놀이를 하는 것처럼 서로의 얼굴을 던지고 받고 몰려간다 공기를 뚫고 가는 얼굴 사이에서 웃음이 터져 나온다 얼굴이 얼굴을 물

고 빙빙 돈다 잠겨 있는 호수가 날아간다 보이지 않는 날
개를 펴고 점점 가벼워진다고 외친다 옆구리를 찌르며 땅
에서 품었던 환상을 깨라고 한다 나는 맹목적으로 나무에
게 간다 손에 쥐고 있던 알약이 가루가 되고 있다 땀에 젖
어 끈적거린다

  새들이 지저귄다
  사라진 얼굴을 붙들고

  불러도 모른다

지저귀는 기계들

이파리들이 지저귄다 서로를 바라보며 '너에게서 태어난 순간'을 반복한다 시계보다 오래된 기계는 목젖이다

사라지는 구름을 밟으며 '주정차 구간이 아닙니다 불법 차량은 신속히……' 무인 카메라에 달린 녹색 전광판 글씨가 빠르게 돌아간다

검은 비닐이 날아온다 새를 잡아 시계 반대 방향으로 돌린다 이파리들이 흔들린다 자라나는 끝을 자르고 싶어

철근처럼 단단한 눈빛들 목젖 깊숙이 몰아넣는다 다시 솟아나는 우리는 아무 표정도 아니다

공기 방울 속에서 녹아 버리는 텅 빈 새벽 Bo Bo 알 수 없는 Bo를 밀어 올린다 가늘게 떨리는 쇳소리가 날아온다 사라진다 발자국 끝이 갈라지는 소리가 난다 거친 뿌리에 매달려

쉬지 않고 골목을 넘어오는 소리 누군가 마구 손잡이를 돌리는 환청에 시달리며

흙을 파내면 무덤이 나온다

●지저귀는 기계들: 파울 클레의 그림 제목.
●Bo: 신석기시대부터 사용해 오다 사라진 언어. 7만 년쯤 되는 인도
아다만족의 언어.

월요일:나 화요일:나 수요일:나 목요일:나

토성에 있는 당신을 본 적이 있다
당신의 개가 당신 모자를 쓰고 다닌다
나도 샤갈의 구두를 신고 다닌다

정전기가 일어난다
여름에 눈이 쏟아진다
길이 자주 막힌다
개가 개에게 고백을 하고 있다 개처럼

매미가 지루하게 운다
나는 일기를 쓴다
삼백 번째 내가 쌓여 간다 녹물이 희미하게 번지며 옥
상 난간으로 스민다
사라진 입이 나타난다
구두가 보이지 않는다고 쓴다
눈 속을 뚫고 다닌다고 쓴다
매일 나는 지워지고 있다

당신의 소리가 여기의 날씨를 궁금해하는 것 같다
뾰족한 부리에 걸린 높은음 G

바람이 왜 멈추는지 자꾸 뒤돌아본다
멈추지 않는다
이상한 날갯짓 소리
불티처럼 숨을 쉰다

붉고 파란
유리 벽에 던져도 깨지지 않는
토성
당신이 죽은 뒤
삼 일 만에 도착하는 눈송이들

나는 나를 쓸 수 없다

●월요일:나 화요일:나 수요일:나 목요일:나: 곰브로비치, 『일기』.
●토성에 있는 당신을 본 적이 있다: 윌리엄 셰익스피어, 「템페스트」.

흰 그릇에 국수

앞집 남자는 개에게 왜 뜨거운 국수를 줄까요 유리 볼에 담겨 있는 국수에서 모락모락 김이 올라와요 개의 입술이 보이지 않아요 검은 눈빛이 갈라지는 소리가 들려요 앞집 남자가 은밀하게 거짓말을 하려 해요 끊어지지 않는 국수 오지 않는 국수 흰 눈이 펑펑 쏟아지는 골짜기에서 내려온 국숫발을 왜 개가 목에 감고 있을까요 기도 중에 생기는 분심은 누구의 것인가요

똑 똑 남자가 노크를 하며 흰 그릇에 국수를 담아 왔어요 입김 속으로 텅 빈 밤을 밀고 강아지가 된 개도 앞집 남자도 날아가고 있어요

하루를 더 연장시킬까요 완전하게 삭제할까요

목 안에서 신이 죽고 있어요 강아지가 싫어요 죽은 신들이 많아질수록 웅덩이가 식지 않아요 그르렁거려요 수많은 손가락들이 벽을 두드려요 출구를 찾지 못해요 슬리퍼를 끌고 다니는 소리가 멈추지 않아요

제3부

과태(過怠)

식탁 위에 생수병이 있다 생수병의 물살과 희미한 빛 사이에 어둠이 가라앉는다 나는 이 어둠을 신이라고 생각한다 매일 같은 시간에 일어나 밖을 내다보고 바닥에서 긴 머리카락을 줍는 순간을 놓치면 안 된다 손톱 부스러기들을 조심스럽게 쓸어 모은다 내일 입을 옷과 신발을 생각하고 내일만 바라본다 어둠 속에서 까만 점이었던 심장을 온몸에 붙이고 검은 커튼을 내린다 문 앞에서 망설이다 사라지는 순간 갇혀 있는 시간을 만지작거린다 멈추지 않고 이백 분 이상 꿈을 꾸고 싶은 소용돌이가 눈꺼풀 속에서 일어난다 알 수 없는 지느러미와 나무가 달려온다 하루 종일 목까지 찼던 지퍼를 연다 톱니바퀴 속에 새들이 앉아 있다

●어둠을 신이라고: 김수영, 「순환로」.

57

청소 대행

'나는 행성을 청소한다'라는 책을 읽는다
모래바람 속에서 살아가는 마을이 행성이라고 쓰여 있다

모래가 태어나기 전부터 더운 바람이 되어 가고 있는
마을을 뒤적이며 야금야금 바닥을 캔다

내가 무슨 옷을 입고 누구를 만나는지
어떤 강을 건널지 잘 보인다고 한다
성별이 바뀌면 무엇을 먼저 해야 할까
이곳에서는 귓속말을 하세요, 마을 입구 안내문 푯말
이 보인다
우글거리는 나에게 조금씩 변해 가는 것은 나뭇잎이라
고 알려 준다

창을 닦는다

숨겨 놓은 거울을 들고 바람이 돌아다닌다
꼬리 달린 불이 지붕 위를 넘어가던 새벽 죽은 할머니가
죽었다 세 살 네 살 아이들이 다시 태어났다

모래 위에서 샘물이 솟아나고 모래알로 등불을 켜는
모래등
혀끝에 불빛이 쌓여 있다 동굴을 비춘다
모래알을 세다 잠든 내가 보인다 꼬리 달린 불을 보고
행성이라고 웅얼거린다
마을의 혼을 꼬리에 매달고 사라진 불
벽 틈 사이로 스며든 찬 기운을 따라 박쥐가 천천히 날
개를 편다

빈방을 들여다본다
잠들어 있던 꿈들이 빠져나간다
더운 바람이 일어난다
밤차가 달려온다
사라진 잎들이 자란다

나는 잘못이 없다

만찬

말의 토씨만 주워 먹는 앵무새 칼로 긋지 않고 심장을 뜯는 고양이 입안에서 신물이 돈다 눈 밑에 붉은 점이 있는 앵무새는 세네갈에서 왔다 어두운 밤 지하실 문을 열어 준다 전에 살던 사람이 놓고 간 부패한 체리가 유리병에 담겨 있다

머리에 쓴 흰 두건이 흔들린다 혀와 바늘이 섞이는 무덤이 날아가는 것을 봤다고 앵무새가 말한다 왕년에 그런 날개쯤이야 한입에 먹었다고 고양이가 중얼거린다 갑자기 아무런 소리도 들리지 않는다 앵무새의 손이 어둠을 만지고 있다 점점 배가 불러 온다

수많은 유리를 심고 파낸다 무화과와 입술과 붉은 점

머리를 조심해야 해 난간 없는 뼈가 어디로 질주할지 모르잖아 아픈 배를 쓸어내리며 고양이는 계산을 한다 무화과 속 수백 개의 씨앗들

유리병 속의 짓무른 살이 애벌레처럼 꿈틀거린다 눈동자가 간지럽다

앵무새 혀끝으로 계단이 굴러간다

은색 낭떠러지

우리는 함께 와 있다

바람이 거세다 잠잠해진다
한 발 두 발 물러나면

낭떠러지에서 튀어나온 손가락들이
붙잡았다 놔 버린다
눈을 감고 있는 세계를 흔들며

알 수 없는 남부의 끝에 가 있다
새벽을 꿈속이라고 부르는
우리의 날개가 일어나 절벽을 밀고 다녔다고 생각한다
절벽은 신의 숫자
사방에 숫자를 붙여 놓고 기뻐하는 은빛들
여기에 살면서
거기서 늙고 망설이다
죽어 간다

낯선 나무가 흔들리고 있다
푸른 열매를 달고

신부가 아니면서 신부 얼굴로 변해 간다
안으로 들어오지 못한다
사람들과 섞이지 못한다

어제는 슈퍼에 가고 세차를 했다
셔터가 내려진 세차장 앞에 투명한 공기주머니가 대롱
거린다
나중에 전화해
음성 메시지가 흘러나온다
소리를 만지는 나의 손톱은 얇은 플라스틱이다
해골이다
수풀이다

'정기 휴일'이라고 크게 붙어 있다

야간작업

갈색 블록과 초록 블록을 나열한다 1㎝만 한 플라스틱 블록들을 원소라고 부른다 적색과 청색 원소들을 끼워 게 등껍질을 만든다 더듬이는 가장 작은 부품들로 연결한다 열 개의 다리가 신경 쓰인다 원소들을 지그재그 끼워도 자주 떨어진다

하루에도 몇 번씩 해체하고 조립하는 몸과 다리들이 안 보이는 바다 안 보이는 집으로 기어간다 백합 냄새가 난 다 사라진 묘비 앞에서 말라 가는 뼈 우리는 나란히 간다 미끄럼을 주의할 필요가 없어 이파리도 아니고 게도 아닐 수 있어 서로 피식거린다

천정에서 내려오는 줄이 잘려져 있다 목쉰 소리가 난다 우리는 줄을 잡고 간다 크고 작은 원소들이 가까이 온다 서로를 밀어내며 눈을 떴다 백합이었다 새벽 세 시를 지나 고 있다 손에 쥐고 있는 껍질들이 땀에 젖어 있다

나는 가고 있다 소란과 침묵이 왜 한꺼번에 쌓이는지 밤마다 백합에게 왜 살해되는지 알고 싶다고 말할 때마 다 리허설이라고 한다 밖으로 터져 나온 수많은 게들이

흰 눈을 덮어쓰고 다닌다 원소에서 흘러나온 현기증이라
고 한다 블록과 블록을 이어 주는 작은 부품들이 종소리
로 변해 간다

　더듬이만 움직인다 소리 내어 짖는다 어디까지 갈 수 있
을까 내성적인 야광이다

새로 쓰는 잠 ½

익어 가는 무화과 끝이 갈라진다

그 안에서 깊이 잠든 숨소리가 난다

무화과를 삼킬 때마다 알 수 없는 숨을 먹고 있다는 생
각이 든다

짓무른 살 사이로 밀려 나오는 씨앗 그 속에서 보이지
않는 얼굴이 흔들린다

잠과 잠 사이에 끼어 있는

햇볕이 노랗다 까맣다

응급차 소리 견인차 소리도 그 안으로 사라진다

버스 정류장 건너편 홈플러스 떡볶이집도 빨려 들어
간다

오지 않는 시간이 가지 않는 시간을 붙잡고 있다

돌아갈 버스를 놓치고

버스 정류장 나무 의자에 졸고 있는 내가 보인다 또 다
른 잠은 버스를 타고 간다

정류장에 남아 있는 나의 잠과 버스를 타고 가는 나의 잠
이 풍선을 들고 간다

풍선을 터트리면 나타나고 터트리면 또 나타나는

먼지와 분쇄기와 마취 주사기

반은 뜨고 반은 졸고 있는
현실을 뜯어내고 붙이는 순간

손자국이 나면
금방 썩는다

0°의 땅

지문이 없다 나는
네가 다녀간 다음

나는 지구 반대편으로 핏물이 든 줄을 넘긴다

잠이 쏟아진다
새들이 솟구친다

잠은 새에게
새는 나에게 가늘게 떨리는 줄을 흔든다
너의 심장이 되고 밤이 되고 새벽이 된다고 믿을 때마다
신은 잘라 낸 나의 손톱을 더 짧게 자른다

만지면 정오가 쏟아진다

사라진 줄을 감고 있는 너
한 번도 본 적이 없는 창을 닦고 있다

나는 물 위를 걷는다
바위 끝에 있는 피니스테레가 보인다

너의 심장에서 끓는 소리를 잡아당긴다
말소리도 숨도 멈춰 있는
거미가 내려온다

꿈속에서도 사라진 방

구두 한 짝 담고
살이 찐다

●피니스테레: 스페인에 있는 땅끝 지명.

감정교육

'내년에 입학하세요' 깜박 졸다 듣는 말
 오전 아홉 시부터 쉬지 않는 교육…… 입을 닦아도 허
옇게 침이 묻어난다

 입을 크게 벌릴 때마다 천장과 혀 밑에 검은 궤양이 부
풀어 오른다

 속이 먼저 쏟아지는 것은 무엇일까
 어둡고 작은 종점에서 낙오될 것 같다
 언제쯤 후회하지 않을지
 열심히 맞춰도 새로운 퍼즐을 찾을 수 없다

 앞골목 뒷골목 삭제해도 냄새가 지워지지 않아
 더러운 창에 가득 메운 손가락 낙서들
 시시한 농담을 던진다
 시작부터 인사만 하는 교육이 의심스럽다
 거미줄에 걸린 거미처럼

 도시를 옮겨 다니는 새를 찾을 것 같다
 껍질을 벗기는 건 쉽지 않아 종점으로 막차가 들어오고

있어 누군가의 말소리에
　　눈을 부릅뜬다

　　'내일은 부끄러워 숨어 버리는 시간' 영화를 보고 싶어
　　두 발을 딛고 내년에 재림하세요 이파리들이 떠든다

　　밥 먹고 물 마시고
　　밥 먹고 악수하고

●감정교육: 플로베르의 소설 제목.

새벽 한 시 식물성의 피아노

건반 사이에서 개미들이 기어 나온다 한 마리 두 마리……
아홉 마리……
알 수 없는 통증들

새벽 한 시에 연주하라 발기된 페니스로 쳐라
높은음과 낮은음을 동시에 누른다
어둠 속에서 불을 깜박이며 가고 있는 비행기처럼
나 몰래 뼈 하나가 빠져나간다
내가 모르는 곳에 묻혀 있다 살아나는
새벽 한 시는 오지 않아
바닥을 끌고 오는 갈고리 같은
두통이 일어난다
왜 새벽 한 시에 집착하는 걸까
매일 잘라 내도 살아나는 지느러미
회색도 어둠도 아닌 웃음 속에 서 있는 절벽
돌아가면
다시 나타나는
꺼지는 나에게 계속 불을 붙이며
너는 오래된 질병이야
소리치는

병들어 죽고 박제가 되어도
새벽 한 시는
혼자 웃고 돌아다니는 것들을 붙들고
더 깊은 곳으로 숨는다
음표들을 공중에 떠 있게 하거나 밑바닥으로 가라앉히
는
푸른 닻을 끌며
산산이 조각난다
박동 소리가 멈추지 않는다
죽지도 살지도 못한
맨발들

심장을 긁고 있는
한 마리 두 마리 세 마리…… 백 마리, 삼백 마리……

●새벽 한 시에 연주하라 발기된 페니스로 쳐라: 백남준, 『백남준: 말(馬)
에서 크리스토까지』.

세 번째 귀

너는 보이지 않는다 네가 어디에 있는지 나는 누구에게
도 물어본 적이 없다 이불 속에서 눈을 뜨지 말았어야 했
다 바람에 날리는 이파리들만 생각했어야 했다

내가 찾지 못한 방에서 아직도 자고 있는 너 갑자기 구
름 밖으로 해가 나온다 눈이 시리다

코알라는 유칼립투스 이파리를 잘 먹는다 그 이파리 안
에는 신경안정제가 들어 있다 코알라는 나뭇가지 사이에
서 스무 시간 이상 잠을 잔다 손가락으로 건드려도 순하
게 잔다 유칼립투스 성분이 너에게도 들어 있는 거니 창
문을 흔드는 바람 소리를 들으며 너는 다시 잠이 든다 밖
에서 나뭇가지를 잘라 내는 전지가위 소리를 들으며 깊은
잠이 온다고 말하는 너

묶여 있는 소리들이 알 수 없는 침실을 만든다 내려오는
사다리를 밟고 올라가야 만나는 골방 겨드랑이 밑에 숨어
있는 둥근 혹 같은 방 아무도 모르는 방 거기서 꿈꾸던 꿈
이 이파리처럼 자란다 잘라 내도 쑥쑥 올라오는 꿈을 생각
하다 들고 있던 수박을 놓쳤다 조각나던 소리가 끈적인다

불그스레한 물이 흩어진 알약에 엉긴다 거품이 말라 간다

달그락거리는 소리를 본다

전화가 온다

나무 아래 흰 발끝이 나와 있다
들리지 않는 해변이라고 말한다

zoom in

나무가 나무를 열고 나온다 날마다 뿌리를 잘라 내고 싶
어 내가 공터에서 벗어난 것은 뼈를 잘라 냈기 때문이야
혼자서 말을 하는 나무 손끝에서 일어나는 안개를 밀어낸
다 오늘은 멀리 갈 거야 부연 흙먼지 속에서 검정개와 아
이가 걸어가고 있는 땅을 밟고 싶다

꿈속이라고 생각했다 전화기에서 흘러나오는 소리 흙
먼지 속에서 금빛으로 반짝이던 아이의 머리카락처럼 헝
클어져 가는 새벽 두 시 전화기가 또 울린다 수은과 주석
으로 안 죽는 약을 만드는 시간 수화기에서 가느다란 숨
소리만 새어 나온다

깨어나도 계속 꿈같은 새벽 손으로 입을 막는다 카드
를 순서대로 배치하며 누군가 잘못 누른 번호라고 한다
팔다리가 사라지고 마지막 남은 심장이 혼자 지글거리며
타고 있다

찬 공기를 마시며 아이 눈동자 안으로 숨어든다 막대기
로 염소 떼를 몰고 다니며 개와 함께 뛰어다니던 밤과 낮
이 뒤섞여 있다

흙먼지를 뒤집어쓰고 멀어진다 들리지 않는 소리를 이어 가며 돌아오는 땅을 지운다

온다

옥상과 여름이 동시에 숨는다

제4부

소각장 근처

창밖으로 높은 굴뚝이 보인다 흰 연기가 구름이 되어
가고 있다 전동차가 큰 불빛을 달고 새들이 찢어지는 소
리를 내며 온다

누군가 반대 방향으로 가라고 속삭인다 스쳐 가는 역을
한순간도 안 남기고 새들이 쪼아 먹고 있다 군자역이라는
소리에 눈을 떴다 누군가의 날갯죽지에 내가 매달려 있는
지도 모르고 바닥을 비난하는 소리를 끌고 가는 내가 보
인다 바닥이 길다 되새김질하는 누런 소의 긴 혀가 붉다

어디서 내려야 할지 노선표를 보고 있다 하늘이 파랗다
소각장 앞을 지나가고 있다 소각장 벽에 딸기와 자두가 그
려져 있다 높은 굴뚝에서 새들이 쏟아진다

축제처럼 얼굴과 몸에 페인팅을 하고 있는 남자와 여
자가 아이와 노인이 되어 우글거린다 날카로운 햇빛이 눈
을 찌른다

나는 계속 켜진다

히브리 소리

흰 접시 위에 토마토
손으로 만지자

컹컹 짖는다
물고기를 찾으며
입술을 흔든다

토마토 눈동자 안에서 물고기가 떠다닌다 푸른 개다
지느러미에서 긴 복도가 나타나자 여기서 태어났다고 한
다
어둠을 밀고 팽팽해진다
껍질을 물고 웃는 연습을 하는
토마토가 토마토에서 왜 빠져나오지 못하는지
부레를 달고 새벽을 달려도
잠이 쏟아진다
복도가 익어 간다

왼쪽 가슴에서 어젯밤들이 떨어져 나온다
안으로 들어갈수록
점점 붉어지는 해골들

연기를 향해 맹렬해진다
현실과
비구상을 붙잡고

온다
오지 않는다
바트가 숨겨 놓은
아이
자주 잊는다

물고기는 토마토의 태반이라고 말한다
폭포가 희부옇게 떨어져 나간다
푸른 개 등 뒤에서
흔들리는 새벽
흔들리는 아이들

●바트: 히브리어로 '딸'이라는 뜻.

엔젤 게임

아이가 장난감을 만지고 있다 눈빛이 파랗다
귀밑까지 내려오는
곱슬머리 아이

오래전에 잘려 나간 아이 입술이 움직인다
은폐할수록 붉어지는
가위
나는 층층이 쌓이는 입
투명한 얼음 조각이야
눈을 뜨지 않았으면 좋겠어
녹는다는 말은 잠든다는 말과 같아 한 계단씩 올라가면
사라지는 샘이 보이고
웃자란 고양이가 걸어가고 있어

단풍나무 색으로 목마를 칠한다
부서진 왼쪽 다리를 한 줄기 빛으로 감고
목마 등 위에 이파리를 붙인다 희미한 소리가 난다
푸른 날개로 변한다 작은 바람에도 늘어나는 목
횡단보도를 건너 공원으로 날아다닌다

지하실 문이 열린다
녹지 않는 무덤이 시작된다

시간은 진실할까

창문이 부서지고 창문이 만들어진다 그 위로 지나가는 꿈에 대한

기차는 녹색이다
기차는 기분이다
십 년 전 바다를 싣고 매일 떠난다
오래된 모래알과 과자를 싣고
겨울이 없는 곳
죄가 없는 곳으로 가고 있는 기차
조금은 우울하고
조금은 더 우울하고 더 우울해지고 더 더 우울해지는
기차는
아무도 모르는 아프리카 사이로 지나간다
어두운 밤 한가운데서
무엇인가를 싣고 가는
보이지 않는 기차
꾸벅꾸벅 졸다
눈을 뜬다
멈춰 있으면서 매일 떠난다고 생각하는 기차
존재하지 않으면서도 존재한다고 믿고 있는 기차
녹물을 뒤집어쓰고
절벽에 붙어 있는 박쥐처럼
혼자 미쳐 가는 기차

고양이도 생쥐도 아닌 소리를 내며
끝없이 사라지며

흔들리며

눈동자 안에 떠 있는 눈동자가 부르는 눈동자

빈방이 있다 천장이 높다 작은 불 다섯 개가 높이 박혀
있다

꿈속이라고 생각했다
어둠은 흔한 것이라고 말할 때 누군가 방문을 연다
아이를 안고 나간다 돌아오지 않는다

불빛이 바닥으로 내려온다
'지금 왔니 마리아 새벽에 온 거니 누군가 뒤따라오네
또 너니' 하나의 눈동자 안에서 수많은 이름들을 부르는
내가 보인다 손가락을 입안에 넣고 있는 아이들, 견습생
잇몸, 기쁨들 사진을 찍는다

이상한 저녁이었어 네가 태어나는 날 태풍이 잠들고 옆
집에 불이 났어 우리는 벽이 없는 방에서 눈을 뜨고 지나
가는 너를 봤어 너에게서 강물 소리가 들렸어 너를 부를
때마다 의자가 날아갔어

모서리와 등뼈가 희다
서로 마주 보아도

해가 지지 않는다
아침을 먹고 싶다고 한다

가스 밸브가 올라간다
계단이 사라진다
커진다

붉은 흙 위에
눈동자 하나

깨진 독에 핏물이 고여 있다

나무 위에서 잠자는 소년

날마다 나는
나무 속에서 나를 꺼낸다
아침마다 눈을 뜰 거라고 믿으며 촛불을 끄지 않는다

오늘은 오래전에 죽은 나에게 옷을 입힌다
노란 셔츠에 노란 모자
청 반바지에 흰 운동화를 신겨 준다
강아지들과 함께 잤던 곳을 찾을 수 있게
보이지 않는 눈에 아이라인을 그린다

새들이 쪽지를 물고 돌아다닌다
쪽지마다
말을 타고 가는 내가 너라고 써 있다
꿈과 현실을 태우고 가는 말은 잠 없는 꿈
투명한 끝
우산 꼭지에 매달려
나에게 보낸 문자들이 쌓여 있다

희부연 빛과 먼지 속으로 뛰어가는
핏자국 같은 손자국들

입천장에 새겨진 해변을 찾는다
나뭇잎마다 무덤이 숨겨져 있다
모래 속에 얼굴을 묻은 채
잠들지도 깨어나지도 못한
텅 빈 꿈에 시달리며
잘게 부서진 땅콩을 새들에게 뿌려 준다

● 잠 없는 꿈: 프란츠 카프카, 『프란츠 카프카—꿈』.

후추

반짝이는 얼굴들
모두 입을 막고

왜 갑자기 난폭해지는 걸까
생각할수록
가득 붙어 있는 좁쌀 같은 혹들
한곳으로만 몰려가는 수많은 나
벼룩과
파타고니아

그것은 가계(家系)로부터 시작되었다

생장하는 구멍들
코를 킁킁대고 들여다봐도
빠져나갈 길이 없다

그렇게 모두 죽었다
손바닥에 너무 많이 들어 있다

매일 오는 아침

    집 안으로 배가 들어온다 노를 저어 바람을 안고 구석 구석 흘러 다닌다 우리는 촛불을 들고 뿌리가 어디로 뻗어 가는지 비춰 보고 있다 문밖에서 소리가 난다 뒤돌아볼 수 없는 감정이 흔들린다 정해지지 않은 시간에 밥을 먹고 TV를 보고 우리는 10월 혁명에 대해 잠깐씩 말을 했다 밀물과 썰물이 맞닥뜨릴 때 쌓이는 촛농 위에 표류의 끝이 보이지 않는다고 쓴다 갈라진 화분 사이로 작은 발들이 나와 있다 닻이 지나간 흔적처럼 붙잡지 못한다 누구나 배를 꿈꾸지만 치마를 입고 바지를 껴입어도 배의 감정을 알 수 없다 오늘은 6달러를 쓸 거다 동그랗게 뜨고 있는 눈을 어떻게 휘저을 수 있겠어 오래된 피아노 뚜껑을 연다

반복하지 않고 반복하기

나의 실핏줄이 어디로 갔을까
나의 세포는 어디로 사라졌을까
해변에서 돌아온 검정 돌은 어디로 숨었을까
일기장에 색칠하던 색연필도 보이지 않는다
심장을 들고 가는 물고기를 그릴 수가 없다

신문지 사이에서 작은 벌레가 기어 나온다
발가락이 없다 얼굴 하나에 다섯 개의 다리를 달고
까만 문자 속으로 들어간다

유리컵에 검정 돌이 비친다
빨대를 넣고 빨아들인다
오후가 사라진다 어제도 그제도 같은 옷
월요일을 밟고 간다
화요일 수요일…… 정오와 함께 달려간다
비둘기가 신호등 자전거를 타고
나무를 심으러 간다고 더듬거린다
오지 않는 비
우글거리는 바이러스
왜 핏줄이라고 말하는 거니

바닥에 엎드려 있는

알 수 없는 시계추를 흔들며 독신자를 태운 배가 들어온
다

청색 유리와 납을 가득 싣고

나는 일기장을 찢는다 변기에 넣고 밸브를 누른다

f가 빠져나간 스펠링

뚜껑을 연다
푸른곰팡이 위에 흰 솜털이 덮여 있다
플라스틱 용기 안에 있는 물체가 뭉개져 있다
맨 밑바닥은 돌멩이처럼 굳어지고 있다
뚜껑을 열지 않으면 아무도 모를 영원한 무덤
난간 위에 해가 뜨고
눈발이 날린다
새벽마다 안테나에 매달려 도마뱀이 우는 곳
아름다운 풀밭 위에 통째로 던져진 플라스틱 안에서
마음껏 미워하고 질투하며
썩어 가는 시간이라고 말하는 소리가 들린다

독감이 유행하는
겨울 풀밭이 명징하다
빈자리가 없다
새들이 울부짖는다
소금 한 알을 던진다
푸른 꽃이 피는 화면
흰 솜털들이 흔들리고 있다
그 사이로

흰 절벽이 일어난다

멀리서 아이들이 부서지는 소리가 들린다

코는 왜 입술 위에 있습니까

숨을 들이마시면 파도가 올라옵니까 천천히 내쉬면 파도가 솟구칩니까 꿈꾸는 세계는 없습니까 물결 위로 자막만 떠다닙니까 순간 마른번개가 칩니까 구름에 닿습니까 뒷걸음치는 내가 붉은 띠가 되어 돌아다닙니까 무엇으로 빵을 만듭니까 입속에 숨어 있는 다른 입들이 아우성칩니까 자막이 늘어납니까 거미줄처럼 목젖 아래로 꼬부랑거립니까 깊고 오래된 바다가 출렁입니까 해당화가 지고 있습니다 ▽ ∧ 중에서 어느 것을 선택해야 합니까 몰려오는 숨소리를 봅니까 새들이 바스락거립니까 두리번거립니까 식어 가는 이마에 꼬리를 붙이고 기도합니까 꿈속에서 나비들이 되었습니까 어디에도 보이지 않는 길입니까 물이 뚝뚝 떨어집니까 철판과 납으로 새겨진 얼굴을 찾아 자기 공명 영상으로 구석구석 비춰 보고 싶습니다 물줄기를 쓰고 살갗이 벗겨지도록 빗질을 합니다 익어 간 자두는 왜 사라져야만 합니까

●코는 왜 입술 위에 있습니까: 설치미술 작가 전준오의 작품명.

군산

어두워진다 사람들이 집으로 돌아가고 있다 나는 나무 밑에서 흘러나오는 소리로 말을 한다 나무 속으로 새들이 내려오면 몇 번이나 인사를 해야 하는지 예절에 대해 알고 싶다 나무 안에서 작은 사람이 빠져나온다 멈추지 않는다 거울이 되거나 애벌레로 변해도 상관없다 반딧불처럼 깜박거리며 농구대 밑에는 아직도 눈이 얼어 있다 아이들이 신문지에 불을 붙여 고양이 사체를 태우고 있다 서로에게 불을 던지며 여자가 되고 형이 되고 군산을 찾는다 검은 나무에서 한꺼번에 꽃망울을 터트린다 길을 잃고 몇 개의 건널목을 지나왔는지 생각나지 않는다 눈빛이 쌓여 있다 삼킬 수 없다 어디가 시작일까 마른바람 위에 군산을 덧입히는 소리 가라앉지 않는다 달아날 수가 없다

제5부

어금니에 새겨진 새소리를 보러 가는 잠

바늘귀에 실을 넣어 사용하는 방법을 찾고 싶어 왼쪽 눈동자가 창문을 넘어간다 해시계의 바늘이 어금니를 건드린다 사라진 잠이 쏟아진다 사과가 익어 간다 난간을 붙잡고 흰 가위를 들고 흔들거린다 누군가의 머리를 잘라야 한다

히아신스가 되어 보고 싶은 밤

사라지는 방으로 내려가면 만날 수 있는 잠 물 위를 걸어 다니는 잠을 실에 꿰어 노란 새를 만든다 새가 쪼아 먹는 사과는 무슨 말을 하려는 것일까 새벽에도 아침 열 시에도 계속 오는 말들을 녹음하고 싶어 꿈들이 잠 속으로 모여든다 어떤 심장은 벽 속에서도 영원히 뛰고 있다 땅 밑에서도 열매가 열릴까 사과 껍질에 박혀 있는 까만 점 속으로 눈동자의 흰자가 번진다

달과 화성에 착륙한다

자전거는 싱싱하다
차가운 바람에 더 싱싱하다
풍뎅이 이름은 자전거
이름을 부르면 싱싱한 날개를 펼치고
손끝에서 울음소리가 난다
새싹이 자라기 때문일 거야
무슨 말을 하려는지 점점 붉어진다
자전거를 쏟아 낸다
물이 되고
의자가 되고
새로운 몸을 잉태하고 싶어
날아가는 풍뎅이는 싱싱하다

뒷모습이 강을 따라간다
멀어지는 꿈들이 보인다
고개를 주억거리며
새의 등뼈처럼 움직인다
짙은 안개를 뚫고
입속을 뚫고
절벽에서 잠을 잔다

날개라고 속이며

바퀴도 휴식도 아닌 그것은
희부옇게 떼 지어 올라
끝없이
생장하는 폐를 먹어 치운다

의심하지 않는다

●달과 화성에 착륙한다: 울라브 하우게, 「때가 되었다」.

라만차 사람

그는 앉아서 잠을 잔다 벌어진 입술 사이로 그의 혀끝
이 움직인다 내가 누구요, 누구시오, 얇은 담요로 무릎을
덮고 말을 한다

반쯤 뜨고 있는 눈동자 속에서 지구 밖의 시간과 안의
시간이 함께 섞이고 있는 것 같다 입술 사이에 허연 침이
묻어 있다 다섯 시에 떠날 것이요 거미들이 내려오고 있
소 구겨진 여우 사진을 들고 쇠를 깎는 소리라고 반복한다

약속이 없는 시간을 싣고 그는 태어난 곳으로 가고 있
다 점점 작아지는 몸을 새장에 넣고 흔들어 대듯이 죽고
싶어 죽고 싶다고 말하는 손이 따스하다 주름의 경계가 어
디까지인지 흘러내리는 손등 밑으로 빠져나가지 못한다

이쪽과 저쪽을 누가 정해 놓은 것일까 그가 태어나기 전
부터 달렸던 기차 아무도 내리지 않는 간이역을 지나 매
순간 자신에게 던지는 질문에서 벗어나지 못한다 나뭇잎
으로 얼굴을 가리고 있는 신을 태우고

앙상한 손가락들이 담요를 끌어당긴다 자면서도 끊임

없이 혼잣말을 삼킨다, 눈이 부신가요 어디쯤이오 또 다
른 잠이 자란다

●라만차: 스페인 북부 지역.

내 피부의 독립선언서

내 피부는 민감하다 원인을 알 수 없다 썬크림을 바르지 않는다 얼굴과 목에 붉은 반점이 자주 돋아난다 긁고 싶은 반점들을 새로운 안녕이라고 부른다 해가 중천에 뜰 때까지 일어나지 않는다 어제까지 당수육만 먹었다 앞으로 중국 음식은 먹지 않을 것이다

수압이 약해 5초 동안 버튼이라는 말을 꾹 눌러 준다 사라진 해변이 나타난다 온몸에 돋아나는 알레르기처럼 모래알들이 열심히 안녕이라고 말한다

피부는 거죽이다 이런 일기는 쓰고 싶지 않다 생각이 한 꺼풀 벗겨지는 일을 피부가 벗겨지는 것이라고 쓴다 갑자기 해변이 돋아나는 것은 생각이 벗겨지는 것과 같다고 덧붙인다 먼지 낀 창문 거미줄에 새벽빛이 걸려 있다 오늘도 전나무 숲을 찾아다니다 돌 틈에서 흰 눈이 녹고 그 위로 이상한 빛이 떨어지고 있다고 정당하게 말한다

머릿속이 가렵다 등줄기를 타고 발끝으로 내려갔다 세차게 올라온다 긁지 않는다 침도 삼키지 않는다 안 보이는 꿈과 현실 사이도 가렵다 긁고 싶다는 생각을 벗겨 내

면 나에게서 벗겨져 나온 피부가 보일 것이다

　오늘부터 일을 하지 않아도 된다 고양이도 생각하지 않을 것이다 눈이 가렵다 핑크 바퀴가 해변을 돈다 뼈들이 쑥쑥 돋아나 있다

짜이

짜이는 달다

짜이는 뜨겁다

목젖 아래로 타고 내려가는 순간을 맛보기 위해

알 수 없는 너를 만나기 위해

개와 염소와 꼬리가 긴 닭이 함께 잠들어 있는 거리에서

소주 컵보다 더 작은 컵에 따라 주는 짜이를 마신다

아틀란티스에서 환승해 찾아온 곳

낙타가 사람처럼 옷을 입고 있는 마을이 잠에서 깨어나
고 있다

수건을 둘둘 말아 머리에 쓰고 졸고 있는 사람

너처럼 손톱 밑에 까만 때가 끼어 있다

머리 위로 새가 날아간다

한 모금 짜이를 삼킨다

죽어 가는 네가 보인다

너는 주황색이다 은색이다

새벽녘 찢어지는 짐승 울음소리를 담고 있는 안 보이는
발자국들

존재하지 않는 너

왜 이 시간에 죽어 가는지

작은 주전자에 홍차와 설탕을 넣고 끓인
식지 않는 짜이를 마신다
성실하게 걸어오고 성실하게 사라지는
안개를 바로 보기 위해
천천히 마신다

해를 뚫고

작은 컵 안에 거품이 차 있다

오늘 다리를 지나가는 이발사

나는 새로운 핸드폰을 샀다
나의 오른쪽 팔목 안에 핸드폰 칩이 저장되어 있다
칩 위에 약지로 문자를 쓰면 붉은 문자가 뜬다 나는 친구
에게 메시지를 보낸다

창밖으로 이발사가 지나간다 백 년 전 사라진 다리를 걸
어가고 있다 그의 머리카락은 길다
갈라지는 검은 머리카락 사이로 작은 하늘이 보인다 흰
구름이 푸른색으로 변해 간다

나의 다섯째 손가락 첫마디가 움찔거린다
네가 메시지를 읽지 않았다는 신호다

너와 나의 시간은 반대다
네가 한낮일 때 나의 시간은 새벽 세 시
이발사가 지나가는 다리 아래서 오리들이 잠자는 시간
물결이 마을을 감고 돈다
마르지 않는 시간을 찾아 흐른다고 한다
오래된 벽을 끼고 미니버스가 지나간다
빈 버스 혼자 높은 담 모퉁이를 돌아간다

너처럼 보이지 않는 곳으로 무작정 가고 있다

창틀에 진열된 내가 쌓여 간다

너를 백 년 전 이발사라고 부르며 머리를 자른다
청색 나무처럼 태어나 손짓하는
보이지 않는 나라
보이지 않는 길 위에 서 있는
칩이 저장되어 있다
세포 안에서
오리들이 움직이기 시작한다 부리와 깃털이 부딪힌다
모래알 속에 숨어 있는 아침이 부옇다
숨소리가 들린다
작은 날갯죽지를 목 안에서 꺼낸다

사과 로봇의 말

왼쪽 옆구리가 까맣게 변해 가는 것을 발견했어 왜 웃음이 나오는 걸까 벌레가 나를 뚫고 나오면 그 벌레를 삼킬 거야 내 안에 쌓인 독에 빠져 죽겠지 내 안의 푸른 독을 믿고 있어 나 혼자 죽고 나 혼자 킥킥거리며 웅얼거리는 시간인데 왜 정면을 못 볼까 뒤를 봐도 정면 앞을 봐도 정면인데 왜 정면을 보면 썩어 가는 옆구리가 보이는 걸까 아무 일도 안 생기잖아 어제처럼 오늘이 가고 내일이 오고 있을 뿐 창문을 열지 않아도 벽 속에서 바람이 불고 눈발이 날리며 실패를 알려 줬어 흰 줄과 곡선을 매일 그렸어 망막에서 장미가 피어났어 가위로 잘라 내도 뿌리가 뻗어 갔어 실패를 알고 싶어 존재하지 않는 눈을 뜨고 존재하지 않는 벌레가 존재하지 않는 사과에게 사과할 때 갑자기 옆구리에서 냉장고 돌아가는 소리 부패하지 않는 소리가 들려

붉어지는 뺨 가운데 잠시

이태리 피자집을 지나 두 번째 골목
'맛있는 잠을 파는……' 빨간 푯말을 따라오세요

*아무하고도 닮지 않으면서도 꼭 닮은 … 10,000원

*꿈속에서 꿈을 꾸는 것과는 달리 생생하지도 않은 … 15,000
원

*야구 모자를 눌러쓰고 잠들면서도 계속 말을 하는 잠 … 20,000
원

*벗어나도 벗어나지지 않는 너에게서 계속 벗어나는 … 16,000
원

*한 방울씩 떨어지는 신을 삼키며 … 13,000원

*꿈속에서 꿈을 밟고 내려가는 잠 … 17,000원

*잃어버린 말을 찾아 검은 모래알들이 흰 꽃으로 변해 가는
… 18,000원

*바스락거리는 은종이에 포장해서 가져가는 잠 … 20,000원

*흰 접시에 담겨 있는 꿈을 1분간 숨을 참고 잡아당겨야 하는
… 14,000원

*눈을 크게 뜨고 어금니 뿌리에 닿는 잠 … 19,000원

*흰 크림이 부풀어 오른 케이크가 먹고 싶을 때 빨간 푯말을
들고 있는 … 21,000원

*안개가 올라오면 발로 밟는 잠 ⋯ 18,000원

*차가움 속으로 내려갈수록 쏟아지는 잠 ⋯ 12,000원

*나뭇잎 한 장을 흙을 파서 묻어 주는 잠 ⋯ 16,000원

*태어나는 잎이 헤어지는 잎을 삼키는 ⋯ 18,000원

*큰 접시에 담아 모두 지우고 다시 담아서 지우고 가득 담아서
지워 가는 ⋯ 17,000원

*입을 다물지 못하는 잠 썩은 이빨 사이로 참새들이 날아다니
는 잠 ⋯ 15,000원

*파도를 밀고 용서를 밀고 흰 눈을 밀고 오는 ⋯ 22,000원

메뉴에서 원하는 잠을 사면 큰 접시에 담아 준다 비스
킷처럼 야금야금 먹거나 포장해서 집으로 가져가는 잠의
형상은 안개 알갱이 같다 메뉴마다 색상이 달라 아무하고
도 닮지 않은 잠 멀리서 보면 불그레한 덩어리 그물을 던
져 잡아당긴다 처음인 듯 또 다른 잠이 어둠을 뚫고 나올
지도 몰라 물 위에 떠 있는 섬을 빙빙 돌다 숙면에 빠질 거
야 꿈이 깨질 것 같아 보이지 않는 손이 튀어나와 멀리 던
져도 되받을 거야 손잡이를 놓치고 미끄러질 때 누군가 엿
보고 있다고 믿고 있는 심장이 뛰는 잠을 위해 새 메뉴도
개발하고 있어 가슴 벽으로 뻗어 가는 길 위에 자기가 자

기에게 인사하는 잠 입을 벌릴 때마다 자신의 몸인 줄 모
르고 꼬리부터 천천히 먹어야 하는

.

숨은 신

천장 왼쪽과 오른쪽 모서리 사이에 신이 산다
어느 날 천장을 갈색으로 바꾸면서 만나게 된 신 미라
처럼 점점 말라 간다
왜 병들었는지 알 수 없어 누구에게도 보여 준 적이 없다

아파트를 소독하고 가스를 검침하는 낯선 발자국이 다
녀갔다고 말해 준다
빈 노트 첫 장에 포개고 있는 신의 손가락들을 스케치
한다
연필의 희미한 선들이 바다 물살 같다
넓은 바다로 떠나보낼 배를 그린다
영원히 꿈에서 깨어나지 못할 조각배에 신을 태우고

이틀 전에 사다 놓은 캔 커피를 마신다 미지근하다 우
리의 이마처럼
늘어진다 긴 의자 위의 손과 발 다리 난간을 스치던 바
람
짧은 순간 쏟아지는

물살의 거품을 세어 간다

깊은 물속에서 눈과 귀가 생긴다 머리카락이 녹아서 긴
팔이 된다
부서지며 쌓이는 바닥
더 밑으로 내려갔을까
붉은 흙 속으로 눈보라 치는 소리를 내며
찾을 수 없는 곳으로

꼬리를 물고
거미가 내려온다 죽어 있는 것도 살아 있는 것도 아닌
구석과 구석이 출렁인다

반송된 우편물을 쓰레기통에 버린다

녹

비둘기가 날아가는 공을 살짝 들어 올린다
멀리서 아이 울음소리가 희고 붉게
바다를 넘어간다
앙상한 파도를 삼키는 모래알들
혀에 올라온 잠자리처럼 잠들면서도 계속 말을 하는
뼈가 쌓인다
머리카락처럼 새어 나온다
절벽에 부딪힐 때마다 한 치씩 올라가는
도표들
찰칵
찰칵 숨을 삼키며
튀어 오르는 입을 막고
거꾸로 뻗어 가는 뿌리들
사라진 것을 향해
공중이 흔들린다
검정 속에서 되살아나
서로에게 번지며
물살이
갈라진다
탄다

애벌레가 기어 나온다
뜨거운 유골함을 끌어안고
파 내려간다
계단을 오르내리며

새막 짓기

긴 막대기를 주세요 전기도 물도 필요 없어요 그물막을 이중으로 씌울 거예요 강풍이 불어도 넘어지지 않게 막대기 다섯 개가 필요해요 작년보다 기둥 하나를 더 세울 거예요 새들은 쫓을수록 더 많이 날아와요 새막에 앉아 긴 줄을 흔들 거예요 기둥에 묶은 나일론 줄에 딸랑이들을 매달아 열심히 흔들어야 해요

막대기에 못질을 해요 작은 못에 해가 멈춰 있어요 쾅 쾅 못을 박아요 망치질에 튄 불꽃들이 새들을 불러 모아요 해는 피를 쏟지 않아요 마지막 불이 붙는 곳까지 올라가요 이스카리옷 사람 유다처럼 자신의 심장을 쪼아 먹어요 새집을 짓고 싶어요 못질을 해요 검은 해 속으로 깊숙이 들어가 팔딱이는 심장을 보고 싶어요 신을 팔아서 산밭에서도 알곡들이 자라고 있어요 새들이 계속 날아와요 목쉰 소리로 쫓으며 냄비를 두들겨요

●새막: 새를 쫓는 집.

변종

　신문지를 잘게 조각낸다 주황색과 형광색 광고지를 길게 찢는다 형광색 조각 위에 찢어진 신문지를 덕지덕지 붙인다 발가락들이 떨어져 나간 게 껍데기들이 엉겨 있다 껍데기를 뚫고 주황색 귀와 뿔이 솟아난다 서로 시작하는 시간이 달라진다 찢고 붙이고 다시 뜯어내는 사이 먼지 속에 해가 높이 떠 있다 그림자를 따라 야광 지느러미가 꼬리를 파닥인다 새로운 물길을 찾는다 찢어진 조각들이 더러워진 손끝에 붙는다 잠자면서 날아다니는 물고기 초조하고 즐거운 잎이 되고 싶어 아우성친다 날을 세운다 잘라 내도 층층이 쌓이는 월요일을 자르고 순간 반짝이는 철도를 달린다 싱싱해진 전류가 흐른다 오후 3시가 큰바늘 위로 튀어 오른다 꿈과 고립을 쏟아 놓는다 나를 물어뜯는다 딱풀에 붙어 떨어지지 않는다 창문이 덜컹거린다 아라비아에서 건너온 모래알과 소금이 섞인다 모래 속에 박혀 있는 하얀 해골 안 물고기 돌아다니는 소리가 멈추지 않는다

왼쪽 눈이 나에게 입을 열기 시작할 때

모래알이 밀려오지만 모래알뿐입니다
나무 속에서 벌레처럼 기어 나와
보이지 않는 벽을 갉아먹으면
새벽이 선명해집니다
썩은 어금니처럼 패어 있는 벽
일요일 아침을 닮아 있습니다
욕조의 거품 속에 담긴
주말 농구 코트
거기에 떠 있는 눈동자 하나가 깜박거립니다
비누 거품처럼
먼 곳에 있는 등대처럼
보였다
안 보였다
어디서부터 세포가 분열되고 있는지
모래알 속에 숨어 있는 싹이 잎을 피운다는 말은 진리
에 가깝습니다

태어나는 시간은 중요하지 않아
새벽을 걸어왔다고 속삭입니다
후렴구가 계속 들려옵니다

열이 식지 않습니다

좋은 길이 되길!

장철환(문학평론가)

1. 길의 운명

길이 있다. 길은 마을과 마을을 잇는다. 길을 통해 사람이 이동하고 물건이 운반되며 정보들이 옮겨진다. 길은 네트워크의 핵심이다. 신작로(新作路)처럼 새로운 길로 만들어야 할 때, 어디에 길을 내는가는 사소한 문제가 아니다. 그곳은 영토의 일부를 거주할 수 없는 땅으로 만드는 일이기 때문이다. 비로소, 길의 운명이 시작된다.

길이 산다. 이어짐이 길의 탄생이라면, 끊어짐은 길의 죽음이다. 이어짐과 끊어짐의 정도는 길의 성장에 따라 달라질 수밖에 없다. 여기에서 중요한 것은 길의 크기가 아니라 소통의 빈도다. 소통을 위해 길은 자기를 비워야 한다. 길이 누군가에게 독점되면 그 길은 죽는다. 왕래가 사라지기 때문이다.

길이 없다. 이는 그 무엇도 길이 될 수 없다는 뜻인가?

여기에서 모든 것이 길이 될 수 있음을 발굴하는 자는 누구
인가? 길을 만드는 수고로움은 누군가와 이어지길 바라는
자의 몫이다. 그 바람 때문에 길을 나서는 자가 있다. 김해
선 시인이 그렇다.

'나'에게서 출발해 '나'에게 이르는 길. 김해선 시인의 시
를 가로지르는 길이 이러하다. 그 길은 눈에 보이지는 않지
만 시의 중심을 관류하며 온갖 이미지와 소리들을 실어 나
른다. 그 길이 언제 어떻게 만들어졌는지는 확실치 않다.
그러나 아주 오랫동안 그 길을 오가며, 숱한 '나'와의 반복
적 조우를 통해 지금의 길이 만들어졌음은 분명하다. 「시인
의 말」을 보라. 누가 '나'이며, '나' 아닌 것은 누구인가?

나는 나에게 다가온다 껍질을 두껍게 껴입고 발가벗겨진
나에게 다가온다 분열되는 나는 매일 중단되는 나와 상관없
이 나를 녹음한다 나에게서 생성되는 나는 귓속으로 파고드
는 나를 저장하지 않는다 녹아 버린 나 썩지 않는 나에게 몰
려오는 나는 침몰하는 나에게 다가온다 끝을 깎으며 열심히
쌓이는 나에게 불을 붙이며 건널목 흰 줄을 밟고 서 있는 나
에게 온다 한 뼘씩 줄어드는 나는 뛰어가는 나에게 쏟아진
다 나는 나를 연결하지 않는다 손을 드는 나와 손을 들지 못
하는 나는 멈추지 않는 나에게 오지 않는다 멸종하는 나는
한 방울씩 떨어지는 나에게 온다 나는 나와 나 사이로 흘러
내린다 지겹게 먹어도 멈추지 않는다

나는 나를 실천하지 않는다

—「시인의 말」

　마지막 문장 "나는 나를 실천하지 않는다"는 강력하다. 그것은 불가분의 두 존재의 단절을 단언하기 때문이다. 두 가지 의미에서 그렇다. 첫째, 부정어 "않는다"가 "실천"을 부정할 때, "나"는 불활성의 정지 상태에 있는 존재로 규정된다. 둘째, "않는다"가 "나를"의 부정어일 때, "나"는 "나"에 의해 제어되지 않는 존재로 규정된다. 양자 모두 "나"의 이상 상태를 고지한다. 이런 맥락에서 마지막 문장은 "나는 나를 연결하지 않는다"는 선언으로 바꿔 쓸 수 있다. 이는 "나"와 "나"를 연결하는 길에 문제가 생겼음을 의미한다. "나는 나와 나 사이로 흘러내린다"는 문장이 말하는 바도 이것이다. "나와 나 사이"의 길이 이상하다.

　길의 이상은 주체의 전도(顚倒)와 관련된다. 첫 번째 문장을 보라. "다가온다"에 각별히 주목하면, 행위의 주체와 시선의 주체 사이의 불일치를 확인할 수 있을 것이다. "다가온다"는 말은 발화자가 "나에게"의 "나" 쪽에 있음을 보여주는데, 이는 행위 주체인 "나는"의 "나"를 타자화하는 결과를 초래한다. 이는 발화의 주체가 다가가는 행위가 아니라 그러한 행위의 대상이 되는 자리에 있기 때문에 벌어지는 일이다. 여기서 우리는 발화 주체의 능동성과 수동성의 문제에 직면한다. "분열되는 나"가 안내하는 바대로 주체의 전도(前途), 곧 분열된 영토에서 누가 실제 주권자인지를 가

늠할 필요가 있겠다.

이러한 가늠이 중요한 이유는 "나"의 영토 분쟁이 아군과 적군의 싸움이 아니라 피아가 구별되지 않는 "나"들의 싸움이기 때문이다. '나의 영토'에 침입해 통치권을 주장하는 것은 적이 아니지 않은가. 이때 각각의 "나"에게 일정한 영지를 할양하는 봉건의 방식은 가능하지 않다. 왕과 같은 절대 권력자가 없기 때문이다. 따라서 누구에게 얼마의 영토를 분배할지보다 더 중요한 문제는 누가 "나"인지를 판단하는 것이다. 진짜 곤혹은 여기에서 생긴다. 침입하는 "나"가 선포하는 것이 영토의 소유권이 아니라 '나는 너다'와 같은 정체성이기 때문이다. 그러니까 외부의 "나"가 '나임'을 주장할 때, "나"는 누구인가?

여기서 두 개의 길이 분기한다. 하나는 행위의 주체인 "몰려오는 나"로 향한 길이고, 다른 하나는 시선의 주체, 곧 "발가벗겨진 나"로 향한 길이다. "녹아 버린 나" "썩지 않는 나" "침몰하는 나"에서 보듯, 후자는 눈앞에 벌어진 피해를 산정하는 데 초점이 맞춰져 있다. 이에 비해 전자는, "귓속으로 파고드는 나"가 예시하듯, 틈입하는 현장을 녹취하는 데에 귀를 기울이고 있다. 두 개의 길은 서로 다른 길이 아니다. "나와 나 사이"의 길을 어느 방향에서 걷느냐에 따른 차이일 뿐이다. 후술하겠지만, 발화 주체의 층위에서 양자는 서로 이어져 있다. 마치 산티아고(Santiago) 순례길이 '티아고(Tiago)의 무덤'과 '별(Stella)의 언덕'인 산티아고 데 콤포스텔라(Santiago de Compostela)로 향하듯이……

2. 나는 분열한다, 고로 증식한다.

"나"는 증식한다.

토성에 있는 당신을 본 적이 있다
당신의 개가 당신 모자를 쓰고 다닌다
나도 샤갈의 구두를 신고 다닌다

정전기가 일어난다
여름에 눈이 쏟아진다
길이 자주 막힌다
개가 개에게 고백을 하고 있다 개처럼

매미가 지루하게 운다
나는 일기를 쓴다
삼백 번째 내가 쌓여 간다 녹물이 희미하게 번지며 옥상
난간으로 스민다
사라진 입이 나타난다
구두가 보이지 않는다고 쓴다
눈 속을 뚫고 다닌다고 쓴다
매일 나는 지워지고 있다

당신의 소리가 여기의 날씨를 궁금해하는 것 같다
뾰족한 부리에 걸린 높은음 G

바람이 왜 멈추는지 자꾸 뒤돌아본다

멈추지 않는다

이상한 날갯짓 소리

불티처럼 숨을 쉰다

붉고 파란

유리 벽에 던져도 깨지지 않는

토성

당신이 죽은 뒤

삼 일 만에 도착하는 눈송이들

나는 나를 쓸 수 없다

—「월요일:나 화요일:나 수요일:나 목요일:나」 전문

　숱한 "나"들이 벌이는 나들이에 대해서라면 이 시만큼
풍요로운 것도 없다. 현재까지의 관찰에 따르면 "삼백 번째
내"가 방금 목격되었다. 증식하는 "나"에서 괄목(刮目)할 것
은 분열의 속도지만, 우리가 상대(相對)할 것은 상실의 실감
이다. "매일 나는 지워지고 있다"를 보라. "나"의 증식은 제
한된 영토 안의 한정된 자원을 빠르게 소진하는 것처럼 보
인다. 증식할수록 사라지고 지워지는 까닭이 여기에 있다.
「시인의 말」에서 "껍질을 두껍게 껴입고 발가벗겨진 나"와
같은 역설적 표현이 나온 이유를 추정할 수 있다.

　흥미로운 것은 "당신"의 위치, 곧 "토성에 있는 당신"이

다. 왜 그곳인가? "토성"을 시간의 층위에서 조망해 보자. 제목을 참조하면, "토성에 있는 당신"은 토요일의 "나"로 풀어쓸 수 있는데, 이를 간단히 '토요일:나'로 기호화할 수도 있다. 이러한 치환이 가능한 이유는, "나"가 요일별로 분열하여 "나"들의 집합을 구성하기 때문이다. 따라서 "토성에 있는 당신"은 "토성"이라는 공간에 시간적으로 분식(分蝕)된 "나"를 지시한다. 같은 방식으로 '금성에 있는 당신'과 '해에 있는 당신'을 발견할 수도 있는데, 그들 역시 '금요일:나'와 '일요일:나'로 표시될 수 있다.

문제는 양자 사이의 소통이 원활치 않다는 점에 있다. "길이 자주 막힌다"는 이를 명시한다. "당신이 죽은 뒤/삼 일 만에 도착하는 눈송이들"과 같은 시간의 지연도 이를 표현한다. 마지막 문장 "나는 나를 쓸 수 없다"는 이러한 상황의 필연적 결과라고 할 수 있다. 만약 "일기"가 "토성"에 분식된 "나"의 기록이라면, '여름날의 눈보라'와 같은 기이한 날씨는 "당신"의 관찰을 어렵게 할 것임에 틀림없기 때문이다. 또한 "매일 나는 지워지고 있다"가 사실이라면, "당신"의 관찰 일지는 부재하는 "나"를 기록하는 일이 될 것이기 때문이다. 역설적이게도, 증식하는 "나"는 소멸하는 방향으로의 분열을 고지하고 있는 것처럼 보인다. 증식하는 "나"는 감수분열한다는 뜻이다.

나의 실핏줄이 어디로 갔을까
나의 세포는 어디로 사라졌을까

해변에서 돌아온 검정 돌은 어디로 숨었을까
일기장에 색칠하던 색연필도 보이지 않는다
심장을 들고 가는 물고기를 그릴 수가 없다

신문지 사이에서 작은 벌레가 기어 나온다
발가락이 없다 얼굴 하나에 다섯 개의 다리를 달고
까만 문자 속으로 들어간다

유리컵에 검정 돌이 비친다
빨대를 넣고 빨아들인다
오후가 사라진다 어제도 그제도 같은 옷
월요일을 밟고 간다
화요일 수요일…… 정오와 함께 달려간다
비둘기가 신호등 자전거를 타고
나무를 심으러 간다고 더듬거린다
오지 않는 비
우글거리는 바이러스
왜 핏줄이라고 말하는 거니

바닥에 엎드려 있는
알 수 없는 시계추를 흔들며 독신자를 태운 배가 들어온다
청색 유리와 납을 가득 싣고

나는 일기장을 찢는다 변기에 넣고 밸브를 누른다

"나의 실핏줄이 어디로 갔을까/나의 세포는 어디로 사라졌을까"라는 두 개의 질문은 단도직입적으로 "나"의 정체성에 대해 질문한다. 이에 대한 가장 명료한 답변은 "우글거리는 바이러스/왜 핏줄이라고 말하는 거니"의 반문 속에서 확인할 수 있다. "우글거리는 바이러스"는 "나"의 분열이 "바이러스"의 그것처럼 매우 빠른 속도로 진행됨을 의미한다. 이때 "나"는 "바이러스"와 등치된다. "왜 핏줄이라고 말하는 거니"는 분열된 "나"들이 언어로써 소통하고 있음을 암시한다. "일기장" "신문지" "까만 문자"를 보라. "일기"는 "바이러스"처럼 증식하는 "나"들이 "나"에게 건네는 말인 것이다.

이러한 전제 하에 "일기장"을 버리는 행위의 함의를 추론할 수 있다. 우리는 앞서 분열하고 증식하는 "나"들이 시간적 층위에서는 반복으로 채록되고 있음을 보았다. 문제는 마지막 행위가 이러한 반복 과정에 귀속되는지를 판별하는 것이다. 제목 "반복하지 않고 반복하기"와 "나는 나를 실천하지 않는다"를 상기할 때, "일기장"을 "변기"에 버리는 행위는 반복의 구조에 귀속되는 것으로 볼 수 있다. 즉, 반복되는 "나"를 폐기하는 일탈의 행위 역시 반복되는 것이다. 상황이 이러하다면, "나"의 소진은 불가피한 것처럼 보인다. 그러니 묻지 않을 수 없다. "내가 누구요, 누구시오"(「라만차 사람」).

너의 따뜻한 미소 눈빛이 싫다 너는 나의 발목을 붙잡고 있다 TV를 보고 있는 나에게 따뜻한 차를 주며 환하게 웃는 너는 죽어서도 살아 있는 사람 살아 있을 때는 죽은 듯이 내 뒤를 밟았던 사람

너를 한 번도 본 적이 없는데 무엇이 너와 내가 오래 살았다고 느끼게 하는 걸까 매일 땀 흘려 일한다고 생각하는 너 사거리에서 사고가 나기 전까지 오토바이를 타고 물건을 배달하고 지금도 배달 일을 하고 있다고 믿는 너에게 돌아가라고 여기는 불가능한 땅이라고 어떻게 말을 해야 하는지

내가 푸른 옷을 입고 챙이 큰 모자를 쓰고 있는 이중 스파이 매춘을 부활시킨 가장 오래된 천사이고 네가 여기서 살아가는 사람 같다

어둠 속에서 너는 나에게 실패라고 말한다 무엇이 실패인지 너에게서 벗어날 수 있다면 실패 따위는 아무렇지도 않아 다정한 눈빛과 따뜻한 미소만 보여 주는 네가 지겹다 오늘도 화장실 갈 틈도 없을 만큼 일이 많았다고 너에게 말하면서 왜 자유민주당 자세로 혁명한다고 할까 나는 왜 그럴까

거리마다 연등이 켜 있다 나무와 나무 사이로 전봇대와 문방구 간판 사이로 이어진다 창문에 반사되는 등불과 왼쪽

눈알이 빠져나간다 텅 빈 구멍에서 박수가 쏟아진다 지나가
는 자전거 바퀴와 유모차가 겹쳐지고 있다 너는 누구이고
나는 누구인 거니?

　　　　　　　　　　　　　　　　　　—「사실주의 마테차」 전문

　"너는 누구이고 나는 누구인 거니?"에서 시작하자. "너"
의 정체에 대한 질문은 "나"의 그것에 대한 질문과 다르지
않다. 그것은 "너"가 "나"의 분열된 존재이기 때문이다. 양
자는 떼려야 뗄 수 없는 관계로 이미 오래전부터 '나의 영
토' 안에 자리 잡았던 것처럼 보인다. 이렇게 말할 수도 있
겠다, 양자는 '나-너'의 쌍으로 존재하는 "더블"(「더블」)이라
고. 따라서 마지막 문장이 진짜로 묻는 것은 "나"와 "너"의
정체가 아니라 '나-너'의 관계로 살아갈 수밖에 없는 까닭
이다.
　이를 살피기 전에 우선 "너"에 대한 "나"의 태도부터 살
펴보자. 무엇보다도 "너"에 대한 "나"의 강력한 부정이 눈
에 띈다. 이는 "너"의 행위("너는 나의 발목을 붙잡고 있다")가
촉발한 것으로 보인다. "다시 나타나는/꺼지는 나에게 계
속 불을 붙이며/너는 오래된 질병"(「새벽 한 시 식물성의 피아
노」) 또한 마찬가지다. 문제는 "죽어서도 살아 있는 사람 살
아 있을 때는 숙은 듯이 내 뒤를 밟았던 사람"의 해석에 있
다. 왜냐하면, "너"에 대한 부정적 태도가 과거의 행위에 국
한된 것이 아니라 현재와 미래에도 반복될 것임을 보여 주
기 때문이다. 따라서 관계의 전도("네가 여기서 살아가는 사람

같다")와 힐난("어둠 속에서 너는 나에게 실패라고 말한다") 속에서 "나"의 고통은 지속될 것으로 전망된다. 그렇다면 "실패"는 특정 사건의 실패가 아니라 "너"에게서 벗어날 수 없음을 의미하는 것이 된다. '나-너'의 "더블" 역시 "실패"하지 않는 것처럼 보인다.

'나-너'의 강력한 결속은 초현실적 사건, 예컨대 "왼쪽 눈알이 빠져나간다 텅 빈 구멍에서 박수가 쏟아진다"와 같은 사건을 일으키는 원인이 된다. 이러한 끔찍한 이미지들이 "나"의 내부 어디에 내장되어 있는지는 분명치 않다. 다만, 이러한 이미지들이 "나"가 어디에 강박되어 있는지를 보여 주는 것은 분명해 보인다. 그의 시에서 "알"들의 이미지가 빈번히 출현한다는 사실은 이를 방증한다. '나-너'라는 "더블"의 증식을 보여 주기에 동일한 개체들이 군집을 이루는 "알"들보다 적절한 것은 없어 보이기 때문이다. 「강박과 분절」에 등장하는 "포도 알들"과 "모래알"도 마찬가지다.

소리는 사라지고 없다 포도 알 새싹, 분절과 파멸 검정
눈이 입안에서 맴돈다

여섯 살 열 살 스무 살 너의 모습이 동시에 보인다 오래
전에 죽은 네 머리는 길다 커다란 눈을 뜨고 너도 죽는구나
너도 썩는구나 고양이처럼 눈곱 낀 나를 들여다보고 새처럼
지저귀는 너는 죽을수록 싱싱하다

질투가 난다 변하지 않는 너 때문인지 매일 바꾸는 심장
때문인지 포도 알들이 끓어오른다 피부 아래 세포가 어떤
모양으로 뻗어 가는지 갑자기 궁금해진다

천장 무늬는 모자이크다 사각이 만나고 겹치는 점들이
해골같이 보인다

끝없다

끝없이 뛰어간다 맨발에 묻어 있는 모래알이 뜨겁다 비
바람이 지나간 뒤에도 뜨겁다

—「강박과 분절」 부분

여기서 증식하는 것은 "너"다. "여섯 살 열 살 스무 살 너
의 모습"은 이를 예시하는데, "너"의 증식은 "나"의 강박을
설명한다. "너"에 대한 강박은 "여섯 살 열 살 스무 살 너"
로 분절되면서 증가될 것이 명약관화하기 때문이다. 이것
이 "너는 죽을수록 싱싱하다"는 역설을 해명한다. 여기서
세포분열을 통해 증식하는 "너"와 "변하지 않는 너"는 모순
되지 않는다. "피부 아래 세포"는 감수분열하지 않기 때문
이다. 이는 "너"가 증식하는 방식의 특수성, 다시 말해 "나"
의 증식과의 차이를 설명한다. 체세포는 감수분열하지 않
고 염색체를 그대로 유지하지만, 생식세포는 2회에 걸친
감수분열에 의해 염색체가 반으로 준다. "너"는 분열하고

증식해도 소멸하거나 사라지지 않는다는 뜻이다.

따라서 "포도 알들이 끓어오른다"는 말은 강박의 밀도 증가로 인한 주체 내부의 압력 증가를 의미한다. "포도 알"이 "분절과 파멸 검정 눈"의 초현실적 이미지로 전이되는 이유를 여기에서 추정할 수 있다. 그것은 분열하면서 증식하는 "너"에 대한 강박을 감각적으로 묘사한다. 시의 후반부의 "포도 알"에서 "모래알"로의 전이는 이를 보여 주기에 적합하다. "포도 알"과 같은 개체가 열기에 의해 증발되는 과정을 그대로 보여 주기 때문이다. "천장 무늬"에서 발견된 "해골"이 무한히 증식하듯, 죽음의 이미지들은 "모래알"의 그것과 겹쳐지면서 "너"에 대한 강박의 열기를 유지하는 것이다. 그러므로 "모래알"은 "포도 알들"처럼 "나"에게 매달린 채 "피부 아래"에서 세포분열하는 "너"들이다. 「청소 대행」에서의 "모래알"이 증식하는 "나"를 담고 있다면, 「강박과 분절」에서의 "모래알"은 증식하는 "너"를 담고 있을 뿐이다. 이러한 예들은 "나"와 "너"가 어떤 관계인지를 암시한다. "봐, 봐, 나였던 너는 아직 살아 있잖니"(「가리옷 유다의 변명」).

3. 마리와 머리 이야기

이제 우리는 과거의 시간이 어떻게 "우글거리는 나"(「청소 대행」)를 양산하고, '나-너'의 숱한 "더블"로 증식되는지를 물을 차례이다. 이는 오래전 사라진 '모래-마을'(「청소 대행」)을 발굴하는 작업이기도 한데, "흙을 파내면 무덤이 나온다"(「지저귀는 기계들」)는 사실을 염두에 둘 필요가 있다. 「마리 이야기」는 이를 다음과 같이 전한다.

바닷가재는 백 년을 산다 우리 할머니는 백한 살까지 살았다 증조할머니는 구십구 세 내 동생은 세 살이 못 되어 죽었다

어제는 음식점에 자리가 없다고 해서 남아 있는 옆자리를 붙여 열 개의 자리를 만들어 달라고 했다 갑자기 날씨가 추워졌다고 내 둘째 동생만 나왔다

나도 동생처럼 일찍 죽을 거 같아서 어린 무당과 함께 살았다 애기 무당의 숨과 나의 숨이 실처럼 이어져 내가 오래 살 수 있을 것이라는 할머니의 신념이었다 유치원에 다니기 전 어느 날 눈을 떴을 때 나는 붉은 옷과 붉은 가면을 쓰고 있었다 진짜 귀신이 내게 들어온 걸 몰랐을 때다

큰 접시에 놓여 있는 가재 발톱이 붉다 한 살씩 나이를 먹어 갈수록 가재 발톱은 점점 붉어진다 아름다운 다홍색 발톱이어야 가격이 비싸다 가재의 발톱에 가느다란 실이 매여 있다 잡아당기자 계속 풀려나온다 어린 시절 붉은 옷을 입고 어디론가 뛰어가던 나를 매달고 있다 순간 단잠에 빠진다 옆집에서 할머니와 동생이 함께 걸어 나온다 둘 다 어린애의 얼굴이다 돌아보면 백 살이다

나는 가재 알처럼 작아져서 수많은 나에게 다닥다닥 붙
어 있다 이렇게 하루하루가 지나간다

나는 내 귀에 구멍을 뚫는다

—「마리 이야기」 전문

"가재 알"은 "우글거리는 나"의 또 다른 변주다. "나는 가
재 알처럼 작아져서 수많은 나에게 다닥다닥 붙어 있다"에
서 보듯, '나의 영토'는 "우글거리는 나"의 증식에 의해 지배
되고 있다. 이러한 상황은 과거의 특정 사건, 곧 어린 시절
"할머니의 신념"이 야기한 사건에서 비롯하였음을 시는 증
언하고 있다. 이는 "한곳으로만 몰려가는 수많은 나"와 "그
것은 가계(家系)로부터 시작되었다"는 증언과도 일맥상통한
다(「후추」). 과거 속에 웅크리고 있던 사건은, 어린 나이에 세
상을 등진 "동생"과 "할머니의 신념"이 만들어 낸 "어린 시
절 붉은 옷을 입고 어디론가 뛰어가던 나"를 재빠르게 소환
한다.

이때 "가재 발톱"은 과거와 현재를 잇는 길이다. 보다 엄
밀히 말하면, "가재 발톱"의 색과 거기에 매달린 "가느다
란 실"은 '나-너'의 결속의 기원으로 안내하는 장치가 된다.
"어린 무당과 함께 살았다"를 보라. "어린 무당"과의 동거
가 단순한 에피소드를 넘어 양자가 '나-너'의 "더블"로 결
속되었음을 보여 준다. "무당의 숨과 나의 숨이 실처럼 이

어져"는 이를 명시하는데, 「더블」에서도 이와 유사한 표현이 발굴된 바 있다. "너와 나 안과 밖이 바뀌었는지도 몰라/서로의 숨을 마시며"와 비교해 보라. 그렇다면 이러한 연결이 '나의 영토'의 통치권에는 어떤 변화를 야기한 것일까?

"진짜 귀신이 내게 들어온 걸 몰랐을 때다"가 의미심장한 이유가 여기에 있다. 여기서 "진짜 귀신"이 누구인지를 특정할 필요는 없을 듯싶다. "어린 무당"의 "숨"을 이어받았다는 점에서 본다면 "어린 무당"이 될 수도 있고, "어린 동생"의 죽음에 촉발하고 "할머니의 신념"이 초래한 사건이라는 점에서 본다면 "우리 할머니"나 "어린 동생"이 될 수도 있을 것이다. 또는 "붉은 옷과 붉은 가면"의 "나"가 아닐 이유도 없어 보인다. 이들 모두가 "가재 알"의 "수많은 나"를 구성하는 개체들이라면 말이다. 이처럼 "나"는 '나-너'의 "더블"들의 군집체로 인식되고 있다. 마치 거대한 신경망처럼 "나"와 "너" 사이에는 다양한 갈래의 길이 존재하는 것이다. 이는 "나"에게로 이르는 길이 하나가 아니라 여러 갈래임을 암시한다.

먼저 우리가 귀 기울일 곳은 "귀"다. 「마리 이야기」의 마지막은 "나는 내 귀에 구멍을 뚫는다"로 끝난다. 이 구절은 "우글거리는 나"의 거주지가 어디인지를 암시한다는 점에서 중요하다. 우선, '내'가 소리에 매우 민감한 존재라는 것은 분명해 보인다. 그의 시집 곳곳에 메아리치는 목소리들을 들어 보라. 그리고 "누군가 마구 손잡이를 돌리는 환청에 시달리며"(「지저귀는 기계들」)와 같은 진술들을 보라. "큰소리가 들린다 귀를 막아도 쫓아다닌다"(「평면의 자전거」)는 외침이 들리지 않을 수는 없을 것이다. 그 가운데 「세 번째 귀」는 징후적이다.

너는 보이지 않는다 네가 어디에 있는지 나는 누구에게도 물어본 적이 없다 이불 속에서 눈을 뜨지 말았어야 했다 바람에 날리는 이파리들만 생각했어야 했다

내가 찾지 못한 방에서 아직도 자고 있는 너 갑자기 구름 밖으로 해가 나온다 눈이 시리다

코알라는 유칼립투스 이파리를 잘 먹는다 그 이파리 안에는 신경안정제가 들어 있다 코알라는 나뭇가지 사이에서 스무 시간 이상 잠을 잔다 손가락으로 건드려도 순하게 잔다 유칼립투스 성분이 너에게도 들어 있는 거니 창문을 흔드는 바람 소리를 들으며 너는 다시 잠이 든다 밖에서 나뭇가지를 잘라 내는 전지가위 소리를 들으며 깊은 잠이 온다고 말하는 너

묶여 있는 소리들이 알 수 없는 침실을 만든다 내려오는 사다리를 밟고 올라가야 만나는 골방 겨드랑이 밑에 숨어 있는 둥근 혹 같은 방 아무도 모르는 방 거기서 꿈꾸던 꿈이 이파리처럼 자란다 잘라 내도 쑥쑥 올라오는 꿈을 생각하다

들고 있던 수박을 놓쳤다 조각나던 소리가 끈적인다 불그스
레한 물이 흩어진 알약에 엉긴다 거품이 말라 간다

　달그락거리는 소리를 본다

　전화가 온다

　나무 아래 흰 발끝이 나와 있다
　들리지 않는 해변이라고 말한다

　　　　　　　　　　　　　　　　—「세 번째 귀」 전문

　"너는 보이지 않는다"는 단언은 역설적으로 "너"가 "나"
에게 다가오는 길이 어떤 길인지를 들려준다. 물음은 이렇
다. 보이지 않는 "너"의 존재를 어떻게 아는가? "내가 찾지
못한 방에서 아직도 자고 있는 너"는 암시적이다. 어둠 속
에서는 시각보다 청각이 "너"를 지각하는 데 유용하기 때문
이다. 역으로 말하면, "너"는 소리로 '다가오는' 존재다. 마
치 "눈곱 낀 나를 들여다보고 새처럼 지저귀는 너"(「강박과
분절」)처럼 말이다. 따라서 "세 번째 귀"는 바로 "나"의 내부
의 소리, 곧 어둠 속 "너"의 소리를 듣는 청각기관이 된다.
"너"가 거주하는 "알 수 없는 침실"이라고 해도 무방하다.
　"너"가 "코알라"처럼 아주 오랫동안 "잠"을 자고 있다는
것은 "너"가 불활성의 상태에 있음을 뜻한다. "너"는 "나"에
게 말을 건네지 못하는 상태에 있는 것이다. "묶여 있는 소

리들"은 소통 불능의 이러한 상태를 표현한다. '묶이다'라는 말에서 "소리들"이 피동적인 상태에 있음을 추측할 수 있다. "알약"은 "소리들"의 유출을 막는 원인처럼 보인다. "조각나던 소리가 끈적인다"가 암시하듯, "알약"은 꿈과 현실을 뒤섞어 "소리들"의 출처가 어디인지를 불분명하게 만들고 있다. "달그락거리는 소리"를 "본다"고 표현한 것도 혼곤한 "잠"의 상태 속에서 제대로 듣지 못하는 상태를 지시하기 위함으로 볼 수 있다.

마지막 연에 암시된 신체적 변용, 곧 "나무"와 "흰 발끝"의 접목은 주목을 요한다. 3연에서 우리는 "코알라"와 "너"가 "잠"이라는 유사성으로 묶여 있음을 확인할 수 있다. "유칼립투스" 나무에 매달려 자는 "코알라"와, "나"에게 매달려 "모르는 방"에서 "알약"에 취한 "너"가 유추로 묶여 있는 것이다. 이런 맥락에서 볼 때, "나무 아래 흰 발끝이 나와 있다"는 말은 "코알라"와 "너"가 겹쳐진 형상을 뜻한다. '나-너'의 "더블"의 상태로의 변용을 시각적으로 보여 준다고 할 수 있다. 그러니까 「세 번째 귀」는 "나"의 내부의 "너"가 "묶여 있는 소리들"의 주인임을 고지한다. 「마리 이야기」의 마지막 문장("나는 내 귀에 구멍을 뚫는다")은 이런 맥락 속에서 이해될 수 있는데, '갇혀 있는 소리'를 해방하는 것은 '들리는 소리'를 듣지 않으려는 것과 다르지 않아 보인다.

'갇힌 소리'에 관해서라면 "마리"의 음성적 변주들에 대해 말하지 않을 수 없다. 「마리 이야기」는 발화자의 위치에서 "마리"가 어떻게 숱한 '나-너'의 "더블"들의 거소가 되었는지를 보여 주고 있다. 한마디로, "마리"의 "세 번째 귀"는 "너"의 침실이다. 이러한 사실은 「눈동자 안에 떠 있는 눈동자가 부르는 눈동자」에서도 확인할 수 있다. 특별히 "'지금 왔니 마리아 새벽에 온 거니 누군가 뒤따라오네 또 너니' 하나의 눈동자 안에서 수많은 이름들을 부르는 내가 보인다"에 주목해 보자. 여기서 호명되는 "마리아"는 "마리"의 다른 이름이다. 인용문은 "마리아"에 묶인 채 귀가하는 "누군가"가 바로 "너"이자 "수많은 이름들을 부르는" "나"이기도 하다는 것을 보여 준다. 이는 "나"와 "마리아"와의 대화가 사실상 "나"와 "나"의 대화임을 암시한다. '나-너'라는 "더블"의 대화라고 해도 좋다. "마리아" 역시 "우글거리는 나"의 일원이다.

'마리-마리아'의 짝패가 짐승의 수를 나타내는 명사 '마리'로 복제된다는 것은 더욱 흥미롭다. 예컨대, "심장을 긁고 있는/한 마리 두 마리 세 마리…… 백 마리, 삼백 마리……"(「새벽 한 시 식물성의 피아노」)를 보라. 이는 "마리 이야기"가 복제된 "삼백 마리"의 "나"들의 이야기일 가능성을 시사한다. "아홉 마리 사슴"(「바람이 불고 조용하다 나는 무리 지어 다닌다」)으로 변신한 "나"도 이와 동궤를 이룬다. 세례명 "마리"와 동물의 수를 나타내는 명사 "마리"는 분열되고 증식하는 "나"라는 면에서 다르지 않다. 이상한 말이지만, "머리"가 "마리"의 청각적 변이라는 말도 빠질 수 없어 보인다.

(가)

나는 스무 살이 되기 며칠 전 긴 머리카락을 사과처럼 돌돌 말아 사과로 태어난 듯 머리 던지기를 반복했어요 구름 위에 있는 거짓말 단검을 어디에 놔둘까 고민하다 친구들이 지루하다고 모두 가 버렸어요

　　　　　　　　　　　　　—「이미테이션 게임」 부분

(나)

바늘귀에 실을 넣어 사용하는 방법을 찾고 싶어 왼쪽 눈동자가 창문을 넘어간다 해시계의 바늘이 어금니를 건드린다 사라진 잠이 쏟아진다 사과가 익어 간다 난간을 붙잡고 흰 가위를 들고 흔들거린다 누군가의 머리를 잘라야 한다

　　　　　　　—「어금니에 새겨진 새소리를 보러 가는 잠」 부분

"너"와 "죽은 네 머리"의 관계는 "나"와 "마리"의 그것과 다르지 않다. '나-너 더블'이 '마리-머리 더블'로 이중화된다고 말할 수 있다. '나-너 더블'은 재차 '마리-머리 더블'과 "더블"이 된다는 말이다. 이러한 판단은 (가)에서 "머리 던지기"가 왜 '나-너'의 복제가 되는지를 설명한다. 또한 (나)에서 "누군가의 머리를 잘라야 한다"는 섬뜩한 선언이 얼마나 절실한 말인지를 이해하게 한다. '모래-마을'에서 발굴되는 것들이 대개 이렇다. 그것들은 "마리"가 "머리"가 뒤집힌 "나"임을 보여 주는 데 기여하고 있다. "머리를 조심해야 해"(「만찬」)라고 미리 말해 두었어야 했다.

이제 우리의 물음은 하나로 수렴된다. '나-너'의 "더블"

들이 분열하고 증식하면서 '나의 영토'에 우글거릴 때, "나" 는 어떤 정책으로 거주민들을 통치할 것인가?

0이라는 숫자가 좋다 어떤 계획도 세우지 않는 나와 닮아 있다 새우가 물속에서 살아가듯이 0 안에서 먹고 자고 0이라는 그네가 흔들거린다 나무 그네를 0이라고 부른다 줄을 달아서 거실 벽에 매달아 둔 나무 그네가 나의 새로운 정부처럼 천천히 움직인다

나는 구호를 쓰지 않는다 이야기도 만들지 않는다 열 평 영구 임대 아파트에 들어왔다 스스로 자축하며 친구에게 문자를 한다 답문이 없다 창문을 열면 건너편 아파트 주방이 보인다 작은 창문에 색종이가 붙어 있다

눈에 눈곱이 자주 낀다 가까운 안과를 찾아본다 '살아가는 방법을 새우에게 배운다'는 오늘의 행복 창에 글이 떠 있다 올 상반기는 시험제도를 없애고 내년에는 서서히 학교를 없애야 한다는 기사가 계속 올라온다

사각 플라스틱 상자에서 열무가 5센티쯤 올라와 있다 빈 우유갑에 물을 넣고 흔들어 부어 준다 종이컵에 커피 찌꺼기를 담아 열무 잎에 닿지 않게 살살 뿌려 준다 나의 작은 텃밭에 오후 세 시가 지나간다

—「나의 신정부 정책」 부분

"0이라는 숫자가 좋다"는 말은 "신정부 정책"의 첫 번째 조항이 되기에 부족함이 없다. "0이라는 숫자"만큼 '나의 영토'를 적확하게 표현하는 것도 없기 때문이다. 이건 상징적인 말이 아니다. "0 안에서 먹고 자고"에서 보듯, "0"은 "나"의 거주 공간을 지시한다. "열 평 영구 임대 아파트"에 가득 채워진 문자 "ㅇ"을 보라. 이런 의미에서 "0"은 "알"이기도 하다. "알"처럼 담겨 생활할 수 있다면 "나무 그네" 역시 "0"이 아니라고 할 수는 없다. 따라서 "0"은 "어떤 계획도 세우지 않는 나"를 보여 주기에 가장 적합한 공간이라고 할 수 있다. 그 어떤 계획도 무화될 것이 분명하기 때문이다. 그러니 이곳에서는 "구호"도 "이야기"도 소용없다.

이것이 "나"의 인플레이션 속에서 "살아가는 방법"이다. "새우"처럼 허리를 굽히고 살아야 하는 것이다. "시험제도"와 "학교"를 폐지하고, 필요하다면 출산 감소 정책도 펼쳐야 한다. "작은 텃밭"을 가꾸는 일은 왜 아니겠는가. 영토를 줄이고 생산과 소비를 감소시키는 이 모든 긴축정책들이 "나"의 인플레이션을 버티는 방법이다. 이러한 정책들이 정체성 분쟁을 겪는 '나의 영토'에 얼마나 유효한 것인지는 예단하기 어렵다. 그것은 마치 '모래-마을'에서 새로운 생명의 싹이 나오기를 기대하는 것처럼 허망한 일인지도 모르겠다. 허나, "나"가 급격히 분열하고 증식하는 상황에서 국토 개발 계획과 같은 거대 국책 사업을 요구할 수는 없는 노릇이다. 이는 '나-너의 더블'로 사는 자, 곧 "찢어지는 얼굴"(「나의 신정부 정책」)의 소유자에게는 부당한 요구임에 틀림

없다. "나"의 인플레이션을 감당해야 할 자는 온전히 "나"
이지 않은가?

이때 신과 같은 존재의 '거대한 계획'에 기대 보는 건 어
떤가? 그러나 신은 보이지 않는 것처럼 보인다. 그러니 "나
는 이 어둠을 신이라고 생각한다"(「과태(過怠)」)는 선포를 비
난할 수는 없다. 어쩌면 신은 '모래-마을'의 어둠 속에 묻
혀 있을지도 모르겠다. "어느 날 천장을 갈색으로 바꾸면서
만나게 된 신 미라처럼 점점 말라 간다"(「숨은 신」)는 이처럼
"숨은 신"의 근황을 전한다. "신"이 숨어 버린 묵시록적 상
황에서 '거대한 계획'을 기대하는 건 무리처럼 보인다. "신"
이 어떤 계획을 침묵하고 있는지 말할 수 있는 자가 누구인
가? 그럴 수 없다면,

> 목 안에서 신이 죽고 있어요 강아지가 싫어요 죽은 신들
> 이 많아질수록 웅덩이가 식지 않아요 그르렁거려요 수많은
> 손가락들이 벽을 두드려요 출구를 찾지 못해요 슬리퍼를 끌
> 고 다니는 소리가 멈추지 않아요
>
> ―「흰 그릇에 국수」 부분

침묵하는 신은 존재하는가? "목 안에서 신이 죽고 있어
요"는 둘 다 가능하다고 말하는 듯하다. 여기서 "죽은 신
들"이라는 복수형에 주목할 필요가 있다. "죽은 신들"이라
는 말은, 이미 많은 "신"이 있었고 그들이 "목 안에서" 죽어
가고 있음을 보여 주지 않는가. 이는 그들의 숱한 거대 계

획의 폐기를 암시한다. "문을 지나야 신에게 갈 수 있어요" (「흰 유리 조각에 신을 새기고 있는」). 하지만, 출구를 찾지 못한다면 젖과 꿀이 흐르는 땅으로의 엑소도스(Exodus)는 철회될 수밖에 없다. 따라서 그들에게 '나의 땅'의 통치권을 양도할 수는 없다. 길이 없다. 그러니 "구멍"을 뚫고 말하지 않을 수 없다, "벽"을 뚫고 나서지 않을 수가 없는 것이다.

4. Buen Camino!

길이 있다. 한 시인의 과거와 미래의 시간을 잇는 길. 우리는 그 길의 초입에서 「시인의 말」을 보았다. 그건 한 사람의 생의 이력을 그대로 옮긴 축도(縮圖)였다. 그리고 이제 그 길의 끝, '별의 언덕'에서 또 다른 표지를 만난다. 어쩌면 그건 그의 생 전체가 순례였음을 말해 주는 축도(祝禱)일지도 모르겠다. 그건 이렇다.

모래알이 밀려오지만 모래알뿐입니다
나무 속에서 벌레처럼 기어 나와
보이지 않는 벽을 갉아먹으면
새벽이 선명해집니다
썩은 어금니처럼 패어 있는 벽
일요일 아침을 닮아 있습니다
욕조의 거품 속에 담긴
주말 농구 코트
거기에 떠 있는 눈동자 하나가 깜박거립니다

비누 거품처럼

먼 곳에 있는 등대처럼

보였다

안 보였다

어디서부터 세포가 분열되고 있는지

모래알 속에 숨어 있는 싹이 잎을 피운다는 말은 진리에

가깝습니다

태어나는 시간은 중요하지 않아

새벽을 걸어왔다고 속삭입니다

후렴구가 계속 들려옵니다

열이 식지 않습니다

　　　　—「왼쪽 눈이 나에게 입을 열기 시작할 때」 전문

"흙먼지 나는 길"이 있다(「너의 할머니 할아버지의 어머니 아버
지가 살고 있는 이백 년 전 마을」). 그리고 그 길을 "새벽"까지 걷
는 자가 있다. 그가 길은 나선 이유는 이미 말해졌다. 그럼
에도 불구하고 "모래알이 밀려오지만 모래알뿐"이라는 말
이 동어반복처럼 보일지도 모르겠다. 그렇지 않다면, 우리
는 "모래알"이라는 말 속에서 무언가를 발굴해야만 한다.
이렇게 말할 수 있겠다. 지금 우리가 '나-너'의 "더블" 속에
서 발굴해야 할 것은 양자를 가로지르는 길('-')이라고. 비
록 어둠 때문에 잘 보이지는 않지만, 그 속에 어떤 움직임

이 싹트고 있음은 분명해 보인다. 그건 무엇인가? "모래알 속에 숨어 있는 싹이 잎을 피운다는 말은 진리에 가깝습니다"를 보라. 그건 말 그대로 "싹"이다. 그 "싹"은 어디에서 왔는가? "새로운 몸을 잉태하고 싶어"라는 소망에서 왔을 것이다(「달과 화성에 착륙한다」). 그리하여 "빗방울이 날리고 싹이 트는 날 네가 왔다"(「나의 두 번째 아내」). 이로써 '모래-마을'에서 "너"가 탄생한다. 이는 새로운 영토와 새로운 거주민의 탄생을 암시하는가? 그렇다.

"왼쪽 눈"이 증언하는 바가 이것이다. "왼쪽 눈"을 기억하는가? 그 길의 한복판 어둠 속에서 잃었던 바로 그 눈. "왼쪽 눈알이 빠져나간다"와 "왼쪽 눈동자가 창문을 넘어간다"를 보라. 거기에 "수많은 이름들을 부르는 내"가 있었다. 그러니 새벽에 그 길에서 그 사람을 만난다면, 눈을 맞추고 Buen Camino! 이건 순례를 떠나는 "나"와 돌아오는 "나"의 마음이 같기 때문이다. 언제인지는 중요치 않다("태어나는 시간은 중요하지 않아"). 우리는 탄생의 시간이 언제 시작될지 알지 못한다. 그리고 정확히 그러한 이유 때문에 그 길을 나서는 "나"가 또 있을 것이다. 그러니 모두에게 '조개껍데기'를 건네며, 당신의 앞길에 행운을! 지금까지도 그렇지만 앞으로도, 반복되는 "후렴구"처럼. Buen Camino!